# avant la lecture

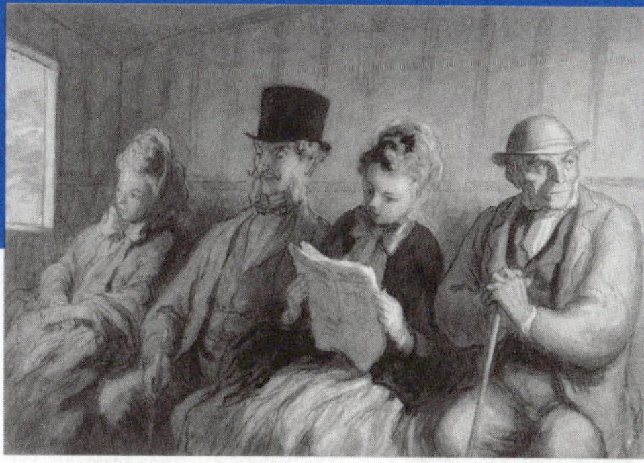

## Qui êtes-vous, Guy de Maupassant ?

## La France au temps de Maupassant

## Qui sont les personnages ?

# Qui êtes-vous, Guy de Maupassant ?

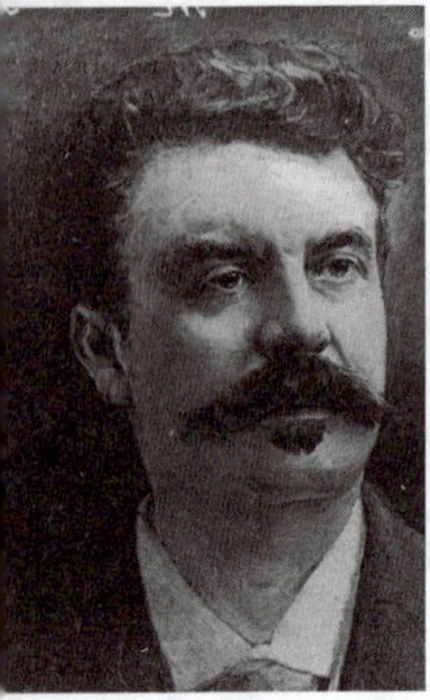

## Mon enfance en Normandie

Je suis né le 5 août **1850** en **Normandie**. Je passe toute ma petite enfance à Fécamp, chez ma grand-mère. En 1863, après un court séjour au lycée impérial Napoléon à Paris, je reviens étudier en Normandie à l'institut ecclésiastique d'Yvetot, mais je ne m'y sens pas vraiment à ma place car je ne veux pas devenir prêtre.

C'est seulement pendant mes vacances à Étretat, dans la maison achetée par mes parents, que je retrouve la joie de vivre, entre promenades en bateau et sauvetage de baigneurs égarés !

Je passe la fin de ma scolarité au lycée Corneille, à Rouen où je fais la connaissance d'un ami de la famille, **Gustave Flaubert**, écrivain déjà très célèbre.

Cette rencontre est déterminante pour mon avenir littéraire.

## Je vis l'humiliation de la défaite française

J'obtiens mon baccalauréat à Caen et passe quelques mois à Paris pour suivre des cours de droit. La guerre franco-allemande de 1870 m'inspire une profonde horreur. J'accepte alors d'être fonctionnaire au Havre puis à Rouen et j'assiste à la débâcle de nos armées. Pendant l'hiver 1870-1871, après la capitulation de Sedan, je fais la terrible expérience de l'occupation lors de l'arrivée des troupes prussiennes en Normandie. Quel choc quand je les ai vues envahir Étretat, où je passais mes vacances, enfant ! Cette période m'a tellement marqué que j'écrirai de nombreuses nouvelles sur ce sujet : *Mademoiselle Fifi, Deux Amis, Un duel*…

*« La guerre franco-allemande de 1870 m'inspire une profonde horreur. »*

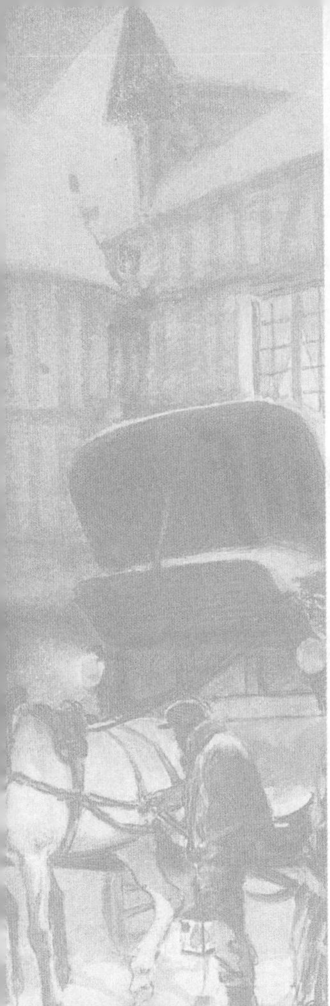

# sommaire

## Avant la lecture



## Lire Boule de suif



ISBN : 978-2-09-189126-2

CARRÉS CLASSIQUES

Collection dirigée par
Cécile de Cazanove
Agrégée de Lettres modernes

Guy de Maupassant

# Boule de suif

**1880**

texte intégral

Édition présentée par
Étienne Buraud
Agrégé de Lettres modernes

Nathan

## Après la lecture



## Autres lectures



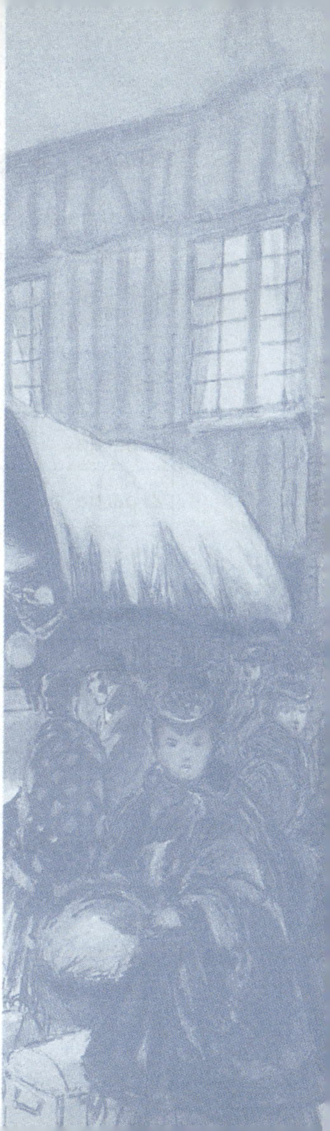

**La balise 🎧 signale les extraits lus par des professionnels.**

Vous trouverez sur le site **www.carresclassiques.com** les fichiers MP3 que vous pourrez télécharger.

| *Boule de suif* | page | piste |
|---|---|---|
| 2e partie | 27 | **1** |
| 2e partie | 29 | **2** |
| 2e partie | 32 | **3** |
| 2e partie | 38 | **4** |
| 4e partie | 79 | **5** |
| 4e partie | 81 | **6** |

| *La Mère sauvage* | page | piste |
|---|---|---|
| | 106 | **7** |

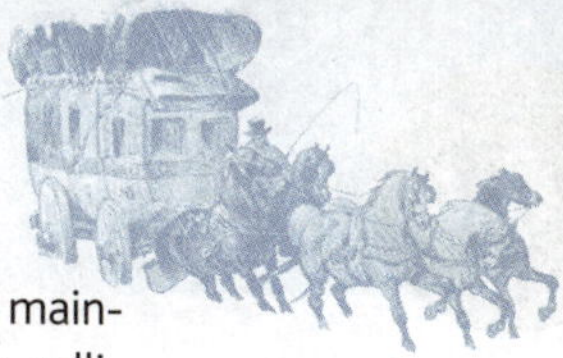

## Je deviens un auteur reconnu

Après la guerre, je travaille une dizaine d'années dans des ministères. Leur atmosphère grisâtre et confinée ne me procure aucune satisfaction. Flaubert accepte de me servir de maître littéraire et de participer à ma formation. À deux conditions : ne pas viser tout de suite la publication et travailler sans relâche ! Ce que je fais, encouragé par le romancier **Émile Zola**.

En **1880**, mes efforts aboutissent enfin. Dans un recueil collectif, ***Les Soirées de Médan***, je publie ma première nouvelle, ***Boule de suif***. Flaubert, qui meurt la même année, trouve que j'ai écrit « un chef-d'œuvre de composition, de comique, et d'observation ». Je lis cette nouvelle devant Émile Zola et ses amis ; tous saluent en moi l'avènement d'un nouveau maître. Quelle reconnaissance ! Je suis maintenant un écrivain célèbre, très sollicité par les journaux à feuilletons. J'intègre le milieu du **journalisme**, qui me fournit la matière de mon roman le plus connu, *Bel-Ami*.

*« Je suis maintenant un écrivain célèbre, très sollicité par les journaux à feuilletons. »*

## Je suis guetté par la maladie et la folie

Entre 1885 et 1890, j'écris beaucoup : des récits fantastiques comme *Le Horla*, inspiré par la folie de mon frère Hervé, ou des histoires familiales comme *Pierre et Jean*. Mes dernières années sont difficiles car je tombe malade. **La folie me guette** également et j'essaie de mettre fin à mes jours en 1892. ■

*Guy de Maupassant est interné à la maison de santé du docteur Blanche après cette tentative de suicide. Il meurt en **1893**, à 43 ans, sans avoir retrouvé sa lucidité. Il est enterré au cimetière du Montparnasse.*

# La France au temps de Maupassant

## La France et l'Allemagne en 1870

Le pays est dirigé par **Napoléon III,** arrivé au pouvoir après le coup d'État du 2 décembre 1851. En vingt ans, l'empereur parvient à faire de la France une grande puissance économique.

À partir de 1862, le futur chancelier Bismarck unifie et réorganise l'Allemagne autour de la Prusse et de son roi, Guillaume Ier. Le pays devient rapidement très puissant, ce qui inquiète la France. Les opinions publiques des deux nations sont dressées l'une contre l'autre. Un incident diplomatique suffit à déclencher la guerre, le 19 juillet 1870.

*Un incident diplomatique suffit à déclencher la guerre.*

## La guerre de 1870

L'Allemagne est prête pour la guerre, la France beaucoup moins car ses troupes sont moins nombreuses, son armement ancien et sa tactique hésitante. En quelques mois, les armées françaises sont battues sur tous les fronts. La défaite de Sedan, le 2 septembre 1870, entraîne la chute du second Empire et la proclamation de la IIIe République le 4 septembre. Les troupes allemandes occupent le nord du pays et assiègent Paris, qui capitule. La paix est signée : la France doit céder l'Alsace et la Lorraine. Le peuple français est surpris par cette défaite rapide qu'il considère comme une humiliation.

| 1850 | 1852 | 1857 | 1869 | 1870 | |
|---|---|---|---|---|---|
| Naissance de Maupassant | Second Empire Napoléon III | Flaubert, *Madame Bovary* | Flaubert, *L'Éducation sentimentale* | Entrée dans l'Intendance de l'armée à Rouen<br>**Juillet :** Déclaration de guerre de la France à l'Allemagne | **Septembre :** Défaite de Sedan. IIIe République |

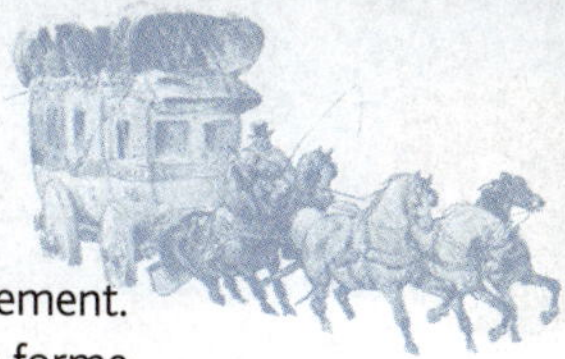

## La vie littéraire en 1880

Le réalisme est le principal mouvement littéraire de cette époque. Les écrivains peignent les événements et les êtres tels qu'ils sont dans la réalité, sans souci de transformation ni d'embellissement. Ils veulent donner une représentation de la société de leur temps. Balzac, à partir de 1830, puis Flaubert et Maupassant sont les principaux auteurs réalistes. Les rapports entre les classes sociales, la guerre et ses conséquences sur le comportement des hommes sont des thèmes qu'ils apprécient particulièrement. À cette époque se développe la forme du récit court publié en feuilletons dans les journaux. Maupassant rédige beaucoup de nouvelles car elles lui assurent des revenus réguliers. Écrire devenant un métier et le livre un objet commercial moins cher et accessible au plus grand nombre, le statut de l'écrivain s'en trouve modifié. Maupassant et Zola ont joué un grand rôle dans la diffusion de la littérature à leur époque. ■

*Les écrivains veulent donner une représentation de la société de leur temps.*

| 1875 | 1877 | 1880 | 1885 | 1887 | 1889 | 1892 | 1893 |
|---|---|---|---|---|---|---|---|
| Rencontre avec Zola | | *Les Soirées de Médan – Boule de suif* | *Bel-Ami* | *Le Horla* | Mort de son frère devenu fou | Internement en maison de santé | Mort de Maupassant |
| | Zola, *L'Assommoir* | Mort de Gustave Flaubert | Mort de Victor Hugo | | Édification de la tour Eiffel | | |

# Qui sont les personnages ?

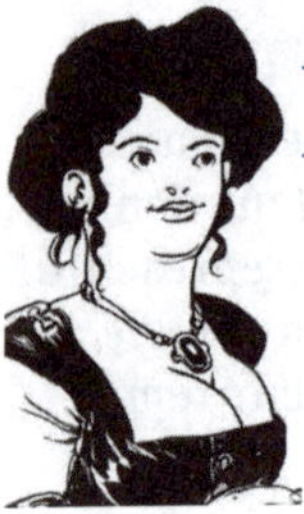

## Élisabeth Rousset, dite Boule de suif

Prostituée, elle incarne le désordre moral aux yeux des « honnêtes gens ». Pourtant, elle agit avec dignité et générosité. Elle a un sens instinctif de l'honneur et fait preuve de courage.

*Réussira-t-elle à gagner la sympathie des autres personnages ?*

## L'officier prussien

Il représente l'envahisseur qui abuse de sa position de vainqueur. C'est un jeune homme mince, goujat dans ses manières, qui sait ce qu'il veut...

*Pour quelle raison retient-il le groupe de voyageurs ?*

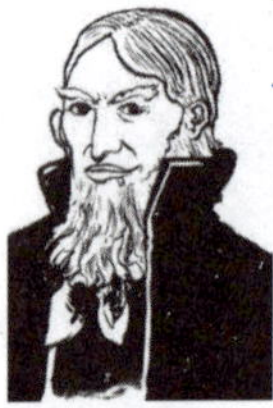

## Cornudet le démoc

« Terreur des gens respectables », un brin provocateur, il affiche son opposition aux Prussiens et au second Empire. Il reconnaît en Boule de suif son double féminin.

*Pourquoi siffle-t-il « La Marseillaise » à la fin de la nouvelle ?*

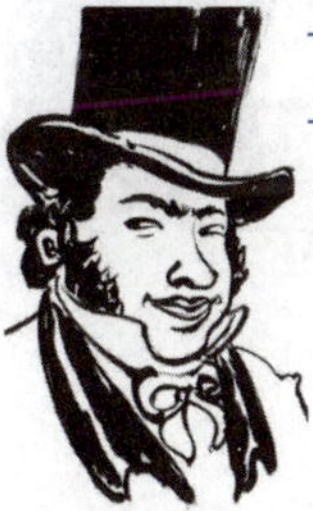

## Les Loiseau

Ce couple incarne la petite bourgeoisie enrichie par le commerce. Leur comportement est dicté par l'appât du gain, la filouterie et la peur de l'occupant.

*Comment réagiront-ils face à l'officier prussien ?*

## Le comte et la comtesse Hubert de Bréville

Issus de la noblesse de l'Ancien Régime, ils ont les manières, la fortune et les opinions politiques de l'aristocratie.

*Quelle attitude adopteront-ils face à Boule de suif ?*

## Les Carré-Lamadon

Ils appartiennent à la puissante bourgeoisie d'affaires et représentent l'ordre établi. La femme semble beaucoup apprécier l'officier prussien.

*Pourquoi Madame Carré-Lamadon condamne-t-elle autant Boule de suif ?*

## Les religieuses

Discrètes, elles passent leur temps à marmonner des prières.

*Quel rôle joueront-elles dans le dénouement ?*

# La carte du voyage

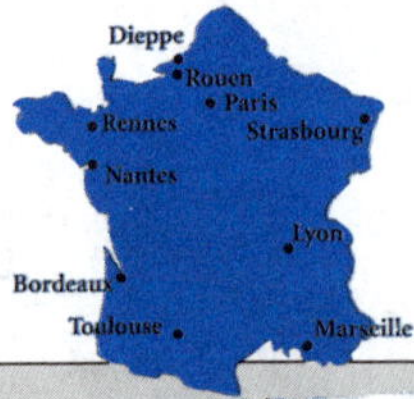


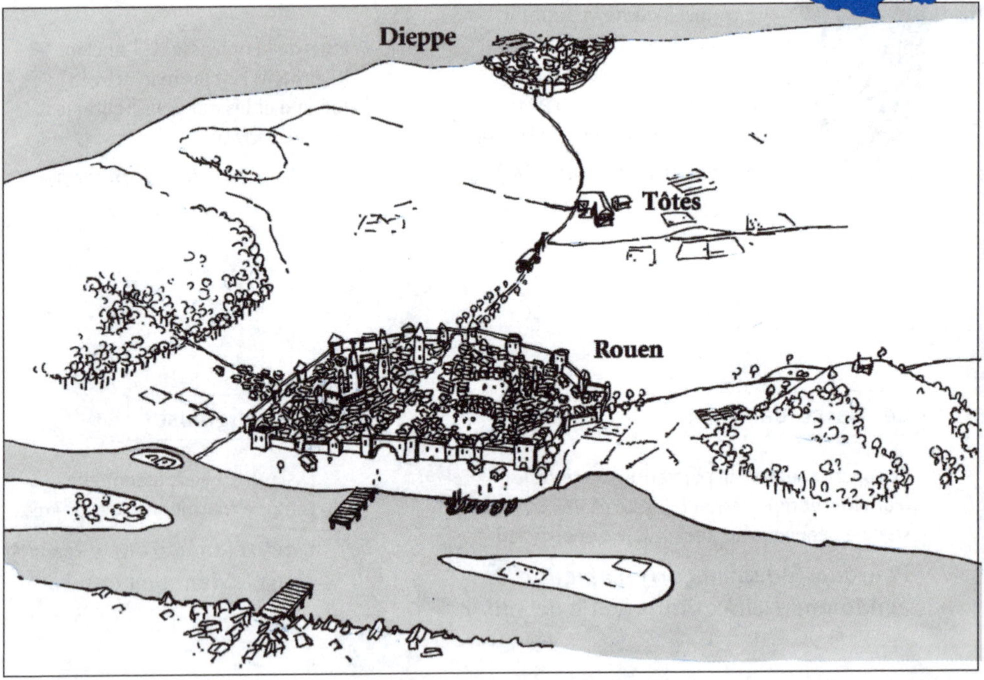

lire

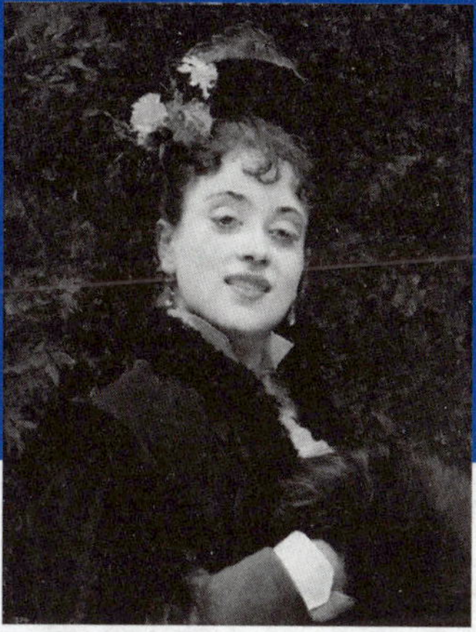

Guy de Maupassant

# Boule de suif

1880

texte intégral

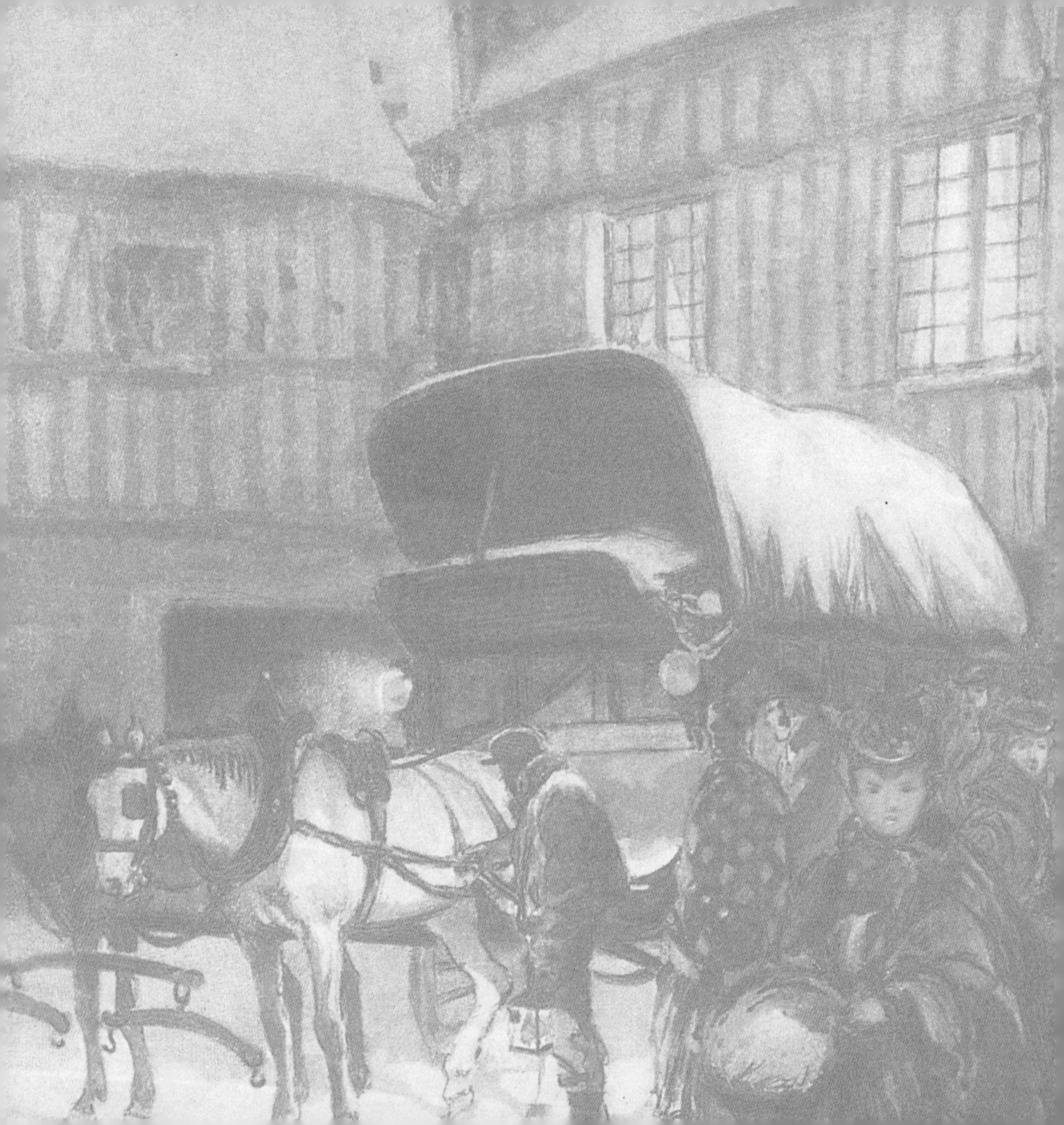

**Pendant plusieurs jours de suite** des lambeaux d'armée en déroute avaient traversé la ville. Ce n'était point de la troupe, mais des hordes[1] débandées[2]. Les hommes avaient la barbe longue et sale, des uniformes en guenilles, et ils avançaient d'une allure molle, sans drapeau, sans régiment. Tous semblaient accablés, éreintés[3], incapables d'une pensée ou d'une résolution, marchant seulement par habitude, et tombant de fatigue sitôt qu'ils s'arrêtaient. On voyait surtout des mobilisés[4], gens pacifiques, rentiers tranquilles, pliant sous le poids du fusil ; des petits moblots[5] alertes, faciles à l'épouvante et prompts à l'enthousiasme, prêts à l'attaque comme à la fuite ; puis, au milieu d'eux, quelques culottes rouges[6], débris d'une division moulue[7] dans une grande bataille ; des artilleurs[8] sombres alignés avec ces fantassins[9] divers ; et, parfois, le casque brillant d'un dragon[10] au pied pesant qui suivait avec peine la marche plus légère des lignards.

Des légions de francs-tireurs[11] aux appellations héroïques : « Les Vengeurs de la Défaite – les Citoyens de la Tombe – les Partageurs de la Mort » – passaient à leur tour, avec des airs de bandits.

Leurs chefs, anciens commerçants en draps ou en graines, ex-marchands de suif[12] ou de savon, guerriers de circonstance, nommés officiers pour leurs écus ou la longueur de leurs moustaches, couverts d'armes, de flanelle[13] et de galons, parlaient d'une voix retentissante, discutaient plans de campagne, et prétendaient

1re partie

## La défaite de 1870

La guerre est déclarée le 19 juillet 1870. Dès le 6 août, les troupes prussiennes envahissent la France. Le 2 septembre, Napoléon III capitule à Sedan. L'armée française se replie dans le plus grand désordre tandis que les troupes allemandes continuent d'avancer sur le territoire national. ■

1. Bandes indisciplinées.
2. Éparpillées.
3. Épuisés.
4. Citoyens recrutés dans l'armée.
5. Soldats.
6. Pantalons des soldats.
7. Écrasée.
8. Soldats qui s'occupent des canons.
9. Soldats à pied.
10. Soldat de la cavalerie.
11. Soldats volontaires, en marge de l'armée régulière.
12. Graisse animale qui sert à faire des chandelles et du savon.
13. Tissu de laine.

soutenir seuls la France agonisante sur leurs épaules de fanfarons[1] ; mais ils redoutaient parfois leurs propres soldats, gens de sac et de corde[2], souvent braves à outrance[3], pillards et débauchés.

Les Prussiens allaient entrer dans Rouen, disait-on.

La Garde nationale[4] qui, depuis deux mois, faisait des reconnaissances très prudentes dans les bois voisins, fusillant parfois ses propres sentinelles, et se préparant au combat quand un petit lapin remuait sous des broussailles, était rentrée dans ses foyers. Ses armes, ses uniformes, tout son attirail meurtrier, dont elle épouvantait naguère les bornes des routes nationales à trois lieues à la ronde, avaient subitement disparu.

Les derniers soldats français venaient enfin de traverser la Seine pour gagner Pont-Audemer par Saint-Sever et Bourg-Achard ; et, marchant après tous, le général, désespéré, ne pouvant rien tenter avec ces loques[5] disparates[6], éperdu lui-même dans la grande débâcle d'un peuple habitué à vaincre et désastreusement battu malgré sa bravoure légendaire, s'en allait à pied, entre deux officiers d'ordonnance[7].

Puis un calme profond, une attente épouvantée et silencieuse avaient plané sur la cité. Beaucoup de bourgeois bedonnants[8], émasculés[9] par le commerce, attendaient anxieusement les vainqueurs, tremblant qu'on ne considérât comme une arme leurs broches à rôtir ou leurs grands couteaux de cuisine.

La vie semblait arrêtée, les boutiques étaient closes, la rue muette. Quelquefois un habitant, intimidé par ce silence, filait rapidement le long des murs.

1. Prétentieux.
2. Vauriens.
3. Avec exagération.
4. Groupe de citoyens décidés à défendre leur ville.
5. Personnes sans énergie.
6. Sans unité.
7. Aides de camp.
8. Avec un gros ventre.
9. Qui ont perdu leur virilité.

L'angoisse de l'attente faisait désirer la venue de l'ennemi.

Dans l'après-midi du jour qui suivit le départ des troupes françaises, quelques uhlans[10], sortis on ne sait d'où, traversèrent la ville avec célérité[11]. Puis, un peu plus tard, une masse noire descendit de la côte Sainte-Catherine, tandis que deux autres flots envahisseurs apparaissaient par les routes de Darnetal et de Bois-Guillaume. Les avant-gardes des trois corps, juste au même moment, se joignirent sur la place de l'Hôtel-de-Ville ; et, par toutes les rues voisines, l'armée allemande arrivait, déroulant ses bataillons qui faisaient sonner les pavés sous leur pas dur et rythmé.

Des commandements criés d'une voix inconnue et gutturale[12] montaient le long des maisons qui semblaient mortes et désertes, tandis que, derrière les volets fermés, des yeux guettaient ces hommes victorieux, maîtres de la cité, des fortunes et des vies de par le « droit de guerre ». Les habitants, dans leurs chambres assombries, avaient l'affolement que donnent les cataclysmes[13], les grands bouleversements meurtriers de la terre, contre lesquels toute sagesse et toute force sont inutiles. Car la même sensation reparaît chaque fois que l'ordre établi des choses est renversé, que la sécurité n'existe plus, que tout ce que protégeaient les lois des hommes ou celles de la nature, se trouve à la merci d'une brutalité inconsciente et féroce. Le tremblement de terre écrasant sous les maisons croulantes un peuple entier ; le fleuve débordé qui roule les paysans noyés avec les cadavres des bœufs et les poutres arrachées aux toits, ou

**? À votre Avis**

***Les habitants de Rouen attendent les Prussiens avec...***

- ❑ plaisir ?
- ❑ crainte ?
- ❑ honte ?

**10.** Cavaliers prussiens.
**11.** Rapidement.
**12.** Rauque.
**13.** Désastres.

l'armée glorieuse massacrant ceux qui se défendent, emmenant les autres prisonniers, pillant au nom du Sabre et remerciant un Dieu au son du canon, sont autant de fléaux[1] effrayants qui déconcertent[2] toute croyance à la justice éternelle, toute la confiance qu'on nous enseigne en la protection du ciel et la raison de l'homme.

Mais à chaque porte des petits détachements frappaient, puis disparaissaient dans les maisons. C'était l'occupation après l'invasion. Le devoir commençait pour les vaincus de se montrer gracieux envers les vainqueurs.

Au bout de quelque temps, une fois la première terreur disparue, un calme nouveau s'établit. Dans beaucoup de familles l'officier prussien mangeait à table. Il était parfois bien élevé, et, par politesse, plaignait la France, disait sa répugnance[3] en prenant part à cette guerre. On lui était reconnaissant de ce sentiment ; puis on pouvait, un jour ou l'autre, avoir besoin de sa protection. En le ménageant[4] on obtiendrait peut-être quelques hommes de moins à nourrir. Et pourquoi blesser quelqu'un dont on dépendait tout à fait ? Agir ainsi serait moins de la bravoure que de la témérité[5]. – Et la témérité n'est plus un défaut des bourgeois de Rouen, comme au temps des défenses héroïques où s'illustra leur cité. – On se disait enfin, raison suprême tirée de l'urbanité[6] française, qu'il demeurait bien permis d'être poli dans son intérieur pourvu qu'on ne se montrât pas familier en public, avec le soldat étranger. Au-dehors on ne se connaissait plus, mais dans la maison on causait volontiers, et l'Allemand

### ? À votre Avis

***Les soldats prussiens entrent dans les maisons pour :***

- ❑ les piller ?
- ❑ tuer les habitants ?
- ❑ s'y installer ?

### Rouen

Pendant la guerre de Cent Ans, la ville résista vaillamment aux Anglais, avant d'être conquise. Jeanne d'Arc y fut brûlée. ■

1. Catastrophes.
2. Font perdre.
3. Son dégoût.
4. Traitant avec prudence.
5. Courage excessif.
6. La politesse.

demeurait plus longtemps, chaque soir à se chauffer au foyer commun.

La ville même reprenait peu à peu de son aspect ordinaire. Les Français ne sortaient guère encore, mais les soldats prussiens grouillaient dans les rues. Du reste, les officiers de hussards[7] bleus, qui traînaient avec arrogance[8] leurs grands outils de mort[9] sur le pavé, ne semblaient pas avoir pour les simples citoyens énormément plus de mépris que les officiers de chasseurs[10], qui, l'année d'avant, buvaient aux mêmes cafés.

Il y avait cependant quelque chose dans l'air, quelque chose de subtil et d'inconnu, une atmosphère étrangère intolérable, comme une odeur répandue, l'odeur de l'invasion. Elle emplissait les demeures et les places publiques, changeait le goût des aliments, donnait l'impression d'être en voyage, très loin, chez des tribus barbares et dangereuses.

Les vainqueurs exigeaient de l'argent, beaucoup d'argent. Les habitants payaient toujours ; ils étaient riches d'ailleurs. Mais plus un négociant normand devient opulent[11] et plus il souffre de tout sacrifice, de toute parcelle de sa fortune qu'il voit passer aux mains d'un autre.

Cependant, à deux ou trois lieues sous la ville, en suivant le cours de la rivière, vers Croisset, Dieppedalle ou Biessart, les mariniers et les pêcheurs ramenaient souvent du fond de l'eau quelque cadavre d'Allemand gonflé dans son uniforme, tué d'un coup de couteau ou de savate, la tête écrasée par une pierre, ou jeté à l'eau d'une poussée du haut d'un pont. Les vases du fleuve

**7.** Soldats de la cavalerie.
**8.** Fierté et mépris.
**9.** Sabres.
**10.** Soldats français.
**11.** Riche.

ensevelissaient ces vengeances obscures, sauvages et légitimes, héroïsmes inconnus, attaques muettes, plus périlleuses que les batailles au grand jour et sans le retentissement de la gloire.

Car la haine de l'Étranger arme toujours quelques Intrépides prêts à mourir pour une Idée.

Enfin, comme les envahisseurs, bien qu'assujettissant[1] la ville à leur inflexible discipline, n'avaient accompli aucune des horreurs que la renommée leur faisait commettre tout le long de leur marche triomphale, on s'enhardit, et le besoin du négoce travailla de nouveau le cœur des commerçants du pays. Quelques-uns avaient de gros intérêts engagés au Havre que l'armée française occupait, et ils voulurent tenter de gagner ce port en allant par terre à Dieppe où ils s'embarqueraient.

On employa l'influence des officiers allemands dont on avait fait la connaissance, et une autorisation de départ fut obtenue du général en chef.

Donc, une grande diligence à quatre chevaux ayant été retenue pour ce voyage, et dix personnes s'étant fait inscrire chez le voiturier, on résolut de partir un mardi matin, avant le jour, pour éviter tout rassemblement.

Depuis quelque temps déjà la gelée avait durci la terre, et le lundi, vers trois heures, de gros nuages noirs venant du nord apportèrent la neige, qui tomba sans interruption pendant toute la soirée et toute la nuit.

À quatre heures et demie du matin, les voyageurs se réunirent dans la cour de l'Hôtel de Normandie, où l'on devait monter en voiture.

**? À votre Avis**

***Où vont les voyageurs ?***

- ❑ À Dieppe.
- ❑ Au Havre directement.
- ❑ Au Havre en passant par Dieppe.

1. Soumettant.

Ils étaient encore pleins de sommeil, et grelottaient de froid sous leurs couvertures. On se voyait mal dans l'obscurité, et l'entassement des lourds vêtements d'hiver faisait ressembler tous ces corps à des curés obèses avec leurs longues soutanes[2]. Mais deux hommes se reconnurent, un troisième les aborda, ils causèrent : « J'emmène ma femme, dit l'un. – J'en fais autant. – Et moi aussi. » Le premier ajouta : « Nous ne reviendrons pas à Rouen, et si les Prussiens approchent du Havre nous gagnerons l'Angleterre. » Tous avaient les mêmes projets, étant de complexion[3] semblable.

Cependant on n'attelait pas la voiture. Une petite lanterne, que portait un valet d'écurie, sortait de temps à autre d'une porte obscure pour disparaître immédiatement dans une autre. Des pieds de chevaux frappaient la terre, amortis par le fumier des litières, et une voix d'homme parlant aux bêtes et jurant s'entendait au fond du bâtiment. Un léger murmure de grelots annonça qu'on maniait les harnais[4] ; ce murmure devint bientôt un frémissement clair et continu, rythmé par le mouvement de l'animal, s'arrêtant parfois, puis reprenant dans une brusque secousse qu'accompagnait le bruit mat d'un sabot ferré battant le sol.

La porte subitement se ferma. Tout bruit cessa. Les bourgeois, gelés, s'étaient tus : ils demeuraient immobiles et roidis.

Un rideau de flocons blancs ininterrompu miroitait sans cesse en descendant vers la terre ; il effaçait les formes, poudrait les choses d'une mousse de glace, et l'on n'entendait plus, dans le grand silence de la ville calme

**? À votre Avis**

***Pourquoi les commerçants fuient-ils Rouen ?***

- ❑ Par peur.
- ❑ Pour continuer à gagner de l'argent.
- ❑ Pour continuer la résistance.

2. Robes portées par les prêtres.
3. Caractère.
4. Équipements du cheval.

et ensevelie sous l'hiver, que ce froissement vague, innommable et flottant de la neige qui tombe, plutôt sensation que bruit, entremêlement[1] d'atomes légers qui semblaient emplir l'espace, couvrir le monde.

L'homme reparut, avec sa lanterne, tirant au bout d'une corde un cheval triste qui ne venait pas volontiers. Il le plaça contre le timon[2], attacha les traits[3], tourna longtemps autour pour assurer les harnais, car il ne pouvait se servir que d'une main, l'autre portant sa lumière. Comme il allait chercher la seconde bête, il remarqua tous ces voyageurs immobiles, déjà blancs de neige, et leur dit : « Pourquoi ne montez-vous pas dans la voiture ? vous serez à l'abri, au moins. »

Ils n'y avaient pas songé, sans doute, et ils se précipitèrent. Les trois hommes installèrent leurs femmes dans le fond, montèrent ensuite ; puis les autres formes indécises et voilées prirent à leur tour les dernières places sans échanger une parole.

Le plancher était couvert de paille où les pieds s'enfoncèrent. Les dames du fond, ayant apporté des petites chaufferettes en cuivre avec un charbon chimique, allumèrent ces appareils, et, pendant quelque temps, à voix basse, elles en énumérèrent les avantages, se répétant des choses qu'elles savaient déjà depuis longtemps.

Enfin, la diligence étant attelée avec six chevaux au lieu de quatre à cause du tirage plus pénible, une voix du dehors demanda : « Tout le monde est-il monté ? » Une voix du dedans répondit : « Oui. » On partit.

1. Mélange.
2. Pièce de bois qui sert à atteler les bêtes.
3. Rênes.

# pause lecture 1

questions sur la première partie

## Le tableau d'une débâcle

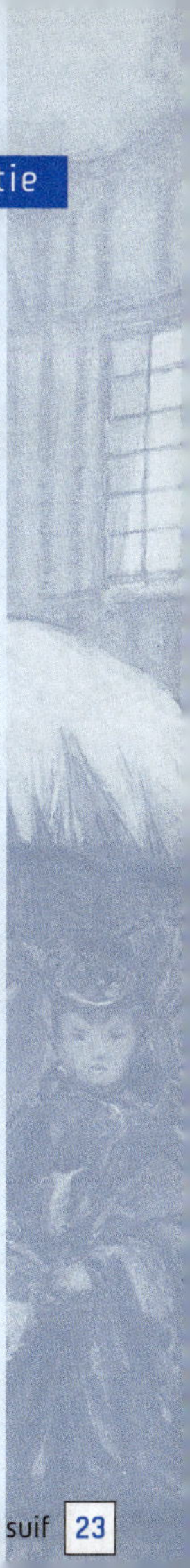

### Des soldats en déroute

- À quel moment de la guerre de 1870 commence le récit ? Devant qui les soldats français fuient-ils ?
- Quel sentiment éprouvent les habitants de Rouen avant l'arrivée des Prussiens ? VOIR ? PAGE 17

#### 1 L'armée française

- Relevez l'ensemble des mots qui désignent les soldats de la ligne 1 à la ligne 32. Quel est l'effet ainsi produit ?
- Dans quel état physique et psychologique se trouvent les combattants ?

#### 2 Les francs-tireurs et la garde nationale

- Comment devient-on officier chez les francs-tireurs ? Pourquoi les chefs des francs-tireurs ont-ils peur de leurs troupes ?
- Pourquoi la garde nationale fusille-t-elle parfois ses propres sentinelles ? Les habitants de Rouen ont-ils raison d'avoir peur ?
- Pourquoi le narrateur donne-t-il toutes ces précisions ? Sur quel ton le fait-il ?

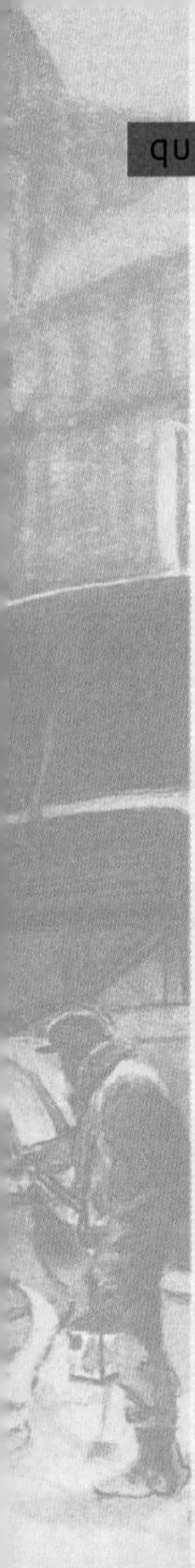



## L'armée prussienne à Rouen

■ Que doivent offrir les Rouennais aux soldats prussiens ? VOIR ? PAGE 18

### 1 L'armée prussienne

- À quels cataclysmes l'arrivée des troupes prussiennes est-elle comparée (p. 17-18) ?
- Relevez les mots qui renvoient au bruit avant l'arrivée de l'armée prussienne, au moment de leur arrivée, puis après leur installation.
- Quelle image le narrateur donne-t-il des soldats prussiens ? Comparez-la à celle de l'armée française.

### 2 L'accueil des Rouennais

- Face à l'occupant, comment se comportent les habitants de Rouen quand ils sont chez eux ? quand ils sont hors de chez eux ? Pourquoi cette différence ?
- « On pouvait, un jour ou l'autre, avoir besoin de sa protection » (l. 106-107). « Et pourquoi blesser… que de la témérité » (l. 109 à 111) : qui représente le pronom indéfini « on » ? Comment s'appelle cette forme de discours rapporté ?
- Pourquoi la phrase : « Et la témérité… où s'illustra leur cité » (l. 111 à 113) est-elle entre tirets ? Qui s'exprime ici ? Quel jugement est porté sur les Rouennais ?

## Le départ de la diligence

- Combien de voyageurs décident de partir ? Pourquoi fuient-ils Rouen ? VOIR ? PAGE 21
- Où veulent-ils aller ? VOIR ? PAGE 20
- Qui monte en premier dans la diligence ?

### 1 Les conditions du voyage

- À quel moment de la journée le départ de la diligence a-t-il lieu ? Quel jour ?
- Combien de temps devrait prendre selon vous le trajet indiqué sur la carte, p. 12 ?
- Pourquoi le voyage risque-t-il d'être difficile ?

### 2 Les voyageurs

- Relevez tous les termes qui désignent les voyageurs (l. 176 à 189). Pourquoi le narrateur n'est-il pas plus précis ?
- Au départ de la diligence, deux groupes se sont déjà formés : lesquels ?

## Du texte à l'image

**Observez le tableau** → voir dossier images p. I

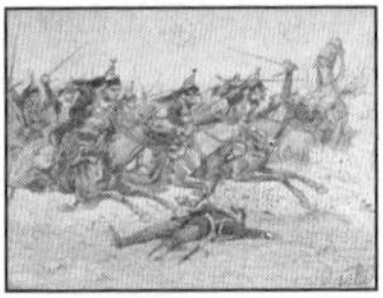

- De combien de plans ce tableau est-il composé ? Montrez qu'ils s'opposent.
- Comment le peintre rend-il la puissance de la charge ?
- Quels passages du texte de Maupassant ce tableau illustre-t-il ?

*Bataille de Reichshofen, 6 août 1870*, Louis-Charles Bombled, 1900.

# *À vous de jouer !*

### Changez de point de vue

Réécrivez la scène de l'arrivée des Prussiens dans Rouen en imaginant que vous êtes un habitant de la ville.

### Écrivez une lettre

Un soldat prussien écrit à sa famille pour lui raconter son installation chez des Rouennais. Il évoque en particulier la façon dont il est accueilli et peu à peu intégré.

### Jouez une scène

Représentez dans une courte scène la montée des personnages dans la diligence, la conversation des « dames du fond », puis le départ.

## 2e partie

**La voiture avançait lentement,** lentement, à tout petits pas. Les roues s'enfonçaient dans la neige ; le coffre entier geignait[1] avec des craquements sourds ; les bêtes glissaient, soufflaient, fumaient, et le fouet gigantesque du cocher claquait sans repos, voltigeait de tous les côtés, se nouant et se déroulant comme un serpent mince, et cinglant brusquement quelque croupe[2] rebondie qui se tendait alors sous un effort plus violent.

Mais le jour imperceptiblement[3] grandissait. Ces flocons légers qu'un voyageur, Rouennais pur sang, avait comparés à une pluie de coton, ne tombaient plus. Une lueur sale filtrait à travers de gros nuages obscurs et lourds qui rendaient plus éclatante la blancheur de la campagne où apparaissaient tantôt une ligne de grands arbres vêtus de givre, tantôt une chaumière avec un capuchon de neige.

Dans la voiture on se regardait curieusement, à la triste clarté de cette aurore.

Tout au fond, aux meilleures places, sommeillaient, en face l'un de l'autre, M. et Mme Loiseau, des marchands de vin en gros de la rue Grand-Pont.

Ancien commis d'un patron ruiné dans les affaires, Loiseau avait acheté le fonds[4] et fait fortune. Il vendait à très bon marché de très mauvais vins aux petits débitants des campagnes, et passait parmi ses connaissances et ses amis pour un fripon madré[5], un vrai Normand plein de ruses et de jovialité[6].

1. Gémissait.
2. Partie postérieure du cheval.
3. Sans que l'on s'en rende compte.
4. L'entreprise.
5. Rusé.
6. Gaieté.

Sa réputation de filou était si bien établie, qu'un soir, à la préfecture, M. Tournel, auteur de fables et de chansons, esprit mordant et fin, une gloire locale, avait proposé aux dames qu'il voyait un peu somnolentes de faire une partie de « Loiseau vole[1] » ; le mot[2] lui-même vola à travers les salons du préfet, puis, gagnant ceux de la ville, avait fait rire pendant un mois toutes les mâchoires de la province.

Loiseau était en outre célèbre par ses farces de toute nature, ses plaisanteries bonnes ou mauvaises, et personne ne pouvait parler de lui sans ajouter immédiatement : « Il est impayable, ce Loiseau. »

De taille exiguë[3], il présentait un ventre en ballon surmonté d'une face rougeaude entre deux favoris[4] grisonnants.

Sa femme, grande, forte, résolue, avec la voix haute et la décision rapide, était l'ordre et l'arithmétique de la maison de commerce qu'il animait par son activité joyeuse.

À côté d'eux se tenait, plus digne, appartenant à une caste[5] supérieure, M. Carré-Lamadon, homme considérable, posé[6] dans les cotons, propriétaire de trois filatures[7], officier de la Légion d'honneur et membre du Conseil général. Il était resté tout le temps de l'Empire chef de l'opposition bienveillante, uniquement pour se faire payer plus cher son ralliement à la cause qu'il combattait avec des armes courtoises, selon sa propre expression. Mme Carré-Lamadon, beaucoup plus jeune que son mari, demeurait la consolation des officiers de bonne famille envoyés à Rouen en garnison.

1. Allusion au jeu « Pigeon vole ».
2. La plaisanterie.
3. Petite.
4. Touffes de barbe de chaque côté du visage.
5. Classe sociale.
6. Qui a des affaires.
7. Usines de fabrication du fil.

Elle faisait vis-à-vis à son époux, toute petite, toute mignonne, toute jolie, pelotonnée[8] dans ses fourrures, et regardait d'un œil navré l'intérieur lamentable de la voiture.

Ses voisins, le comte et la comtesse Hubert de Bréville, portaient un des noms les plus anciens et les plus nobles de Normandie. Le comte, vieux gentilhomme de grande tournure[9], s'efforçait d'accentuer, par les artifices de sa toilette, sa ressemblance naturelle avec le roy Henri IV[10], qui, suivant une légende glorieuse pour la famille, avait rendu grosse[11] une dame de Bréville, dont le mari, pour ce fait, était devenu comte et gouverneur de province.

Collègue de M. Carré-Lamadon au Conseil général, le comte Hubert représentait le parti orléaniste[12] dans le département. L'histoire de son mariage avec la fille d'un petit armateur de Nantes était toujours demeurée mystérieuse. Mais, comme la comtesse avait grand air, recevait mieux que personne, passait même pour avoir été aimée par un des fils de Louis-Philippe, toute la noblesse lui faisait fête, et son salon demeurait le premier du pays, le seul où se conservât la vieille galanterie, et dont l'entrée fût difficile.

La fortune des Bréville, toute en biens-fonds[13], atteignait, disait-on, cinq cent mille livres de revenu.

Ces six personnes formaient le fond de la voiture, le côté de la société rentée[14], sereine et forte, des honnêtes gens autorisés qui ont de la Religion et des Principes.

Par un hasard étrange toutes les femmes se trouvaient sur le même banc ; et la comtesse avait encore pour voisines deux bonnes sœurs qui égrenaient de longs

## La vie politique de 1830 à 1870

**1830-1848** : monarchie de Juillet, règne de Louis-Philippe, de la famille d'Orléans.
**1848-1851** : IIe République.
**1852-1870** : second Empire fondé par Napoléon III.
**1870** : chute du second Empire après la défaite de Sedan. **4 septembre** : proclamation de la IIIe République.

2

**8.** Blottie.
**9.** Allure.
**10.** Roi de France (1589-1610).
**11.** Avait fait un enfant à.
**12.** Parti royaliste qui soutenait la famille d'Orléans.
**13.** Immeubles.
**14.** Riche.

chapelets[1] en marmottant des *Pater* et des *Ave*[2]. L'une était vieille avec une face défoncée par la petite vérole[3] comme si elle eût reçu à bout portant une bordée de mitraille en pleine figure. L'autre, très chétive, avait une tête jolie et maladive sur une poitrine de phtisique[4] rongée par cette foi dévorante qui fait les martyrs et les illuminés.

En face des deux religieuses un homme et une femme attiraient les regards de tous.

L'homme, bien connu, était Cornudet le démoc[5], la terreur des gens respectables. Depuis vingt ans il trempait sa barbe rousse dans les bocks[6] de tous les cafés démocratiques. Il avait mangé avec les frères et amis une assez belle fortune qu'il tenait de son père, ancien confiseur, et il attendait impatiemment la République pour obtenir enfin la place méritée par tant de consommations révolutionnaires. Au quatre septembre[7], par suite d'une farce peut-être, il s'était cru nommé préfet ; mais quand il voulut entrer en fonctions, les garçons de bureau, demeurés seuls maîtres de la place, refusèrent de le reconnaître, ce qui le contraignit à la retraite. Fort bon garçon, du reste, inoffensif et serviable, il s'était occupé avec une ardeur incomparable d'organiser la défense. Il avait fait creuser des trous dans les plaines, coucher tous les jeunes arbres des forêts voisines, semé des pièges sur toutes les routes, et, à l'approche de l'ennemi, satisfait de ses préparatifs, il s'était vivement replié vers la ville. Il pensait maintenant se rendre plus utile au Havre, où de nouveaux retranchements allaient être nécessaires.

La femme, une de celles appelées galantes, était célèbre par son embonpoint[8] précoce qui lui avait valu

1. Objets formés de grains qui servent à compter les prières que l'on récite.
2. Prières.
3. Maladie contagieuse qui laisse des cicatrices très visibles.
4. Tuberculeuse.
5. Démocrate.
6. Grands verres à bière.
7. Jour de la proclamation de la IIIe République.
8. Sa corpulence.

le surnom de Boule de suif[9]. Petite, ronde de partout, grasse à lard, avec des doigts bouffis[10], étranglés aux phalanges, pareils à des chapelets de courtes saucisses, avec une peau luisante et tendue, une gorge énorme qui saillait sous sa robe, elle restait cependant appétissante et courue[11], tant sa fraîcheur faisait plaisir à voir. Sa figure était une pomme rouge, un bouton de pivoine prêt à fleurir, et là-dedans s'ouvraient, en haut, deux yeux noirs magnifiques, ombragés de grands cils épais qui mettaient une ombre dedans ; en bas, une bouche charmante, étroite, humide pour le baiser, meublée de quenottes[12] luisantes et microscopiques.

Elle était de plus, disait-on, pleine de qualités inappréciables.

Aussitôt qu'elle fut reconnue, des chuchotements coururent parmi les femmes honnêtes, et les mots de « prostituée », de « honte publique » furent chuchotés si haut qu'elle leva la tête. Alors elle promena sur ses voisins un regard tellement provocant et hardi[13] qu'un grand silence aussitôt régna, et tout le monde baissa les yeux à l'exception de Loiseau, qui la guettait d'un air émoustillé[14].

Mais bientôt la conversation reprit entre les trois dames que la présence de cette fille avait rendues subitement amies, presque intimes. Elles devaient faire, leur semblait-il, comme un faisceau de leurs dignités d'épouses en face de cette vendue sans vergogne[15] ; car l'amour légal le prend toujours de haut avec son libre confrère.

Les trois hommes aussi, rapprochés par un instinct de conservateurs[16] à l'aspect de Cornudet, parlaient argent

**? À votre Avis**

***Pourquoi Boule de suif est-elle surnommée ainsi ?***

- ❑ Pour ses origines.
- ❑ Pour son physique.
- ❑ Pour son caractère.

**9.** Voir note 12, p. 15.
**10.** Potelés.
**11.** Courtisée.
**12.** Petites dents.
**13.** Courageux.
**14.** Excité.
**15.** Sans scrupule.
**16.** Personnes qui veulent maintenir l'ordre social existant.

d'un certain ton dédaigneux pour les pauvres. Le comte Hubert disait les dégâts que lui avaient fait subir les Prussiens, les pertes qui résulteraient du bétail volé et des récoltes perdues, avec une assurance de grand seigneur dix fois millionnaire que ces ravages gêneraient à peine une année. M. Carré-Lamadon, fort éprouvé dans l'industrie cotonnière, avait eu soin d'envoyer six cent mille francs en Angleterre, une poire pour la soif[1] qu'il se ménageait à toute occasion. Quant à Loiseau, il s'était arrangé pour vendre à l'Intendance[2] française tous les vins communs qui lui restaient en cave, de sorte que l'État lui devait une somme formidable qu'il comptait bien toucher au Havre.

Et tous les trois se jetaient des coups d'œil rapides et amicaux. Bien que de conditions différentes, ils se sentaient frères par l'argent, de la grande franc-maçonnerie[3] de ceux qui possèdent, qui font sonner de l'or en mettant la main dans la poche de leur culotte.

3

La voiture allait si lentement qu'à dix heures du matin on n'avait pas fait quatre lieues[4]. Les hommes descendirent trois fois pour monter des côtes à pied. On commençait à s'inquiéter, car on devait déjeuner à Tôtes et l'on désespérait maintenant d'y parvenir avant la nuit. Chacun guettait pour apercevoir un cabaret sur la route, quand la diligence sombra dans un amoncellement de neige, et il fallut deux heures pour la dégager.

L'appétit grandissait, troublait les esprits, et aucune gargote[5], aucun marchand de vin ne se montraient, l'approche des Prussiens et le passage des troupes françaises affamées ayant effrayé toutes les industries[6].

1. Précaution.
2. Service des armées qui s'occupe en particulier du ravitaillement des soldats.
3. Association.
4. Une lieue mesure environ 4 km.
5. Auberge.
6. Commerces.

Les messieurs coururent aux provisions dans les fermes au bord du chemin, mais ils n'y trouvèrent pas même de pain, car le paysan, défiant, cachait ses réserves dans la crainte d'être pillé par les soldats qui, n'ayant rien à se mettre sous la dent, prenaient par force ce qu'ils découvraient.

Vers une heure de l'après-midi, Loiseau annonça que décidément il se sentait un rude creux dans l'estomac. Tout le monde souffrait comme lui depuis longtemps, et le violent besoin de manger, augmentant toujours, avait tué les conversations.

De temps en temps quelqu'un bâillait ; un autre presque aussitôt l'imitait, et chacun, à tour de rôle, suivant son caractère, son savoir-vivre et sa position sociale, ouvrait la bouche avec fracas ou modestement en portant vite sa main devant le trou béant d'où sortait une vapeur.

Boule de suif, à plusieurs reprises, se pencha comme si elle cherchait quelque chose sous ses jupons. Elle hésitait une seconde, regardait ses voisins, puis se redressait tranquillement. Les figures étaient pâles et crispées. Loiseau affirma qu'il payerait mille francs un jambonneau. Sa femme fit un geste comme pour protester, puis elle se calma. Elle souffrait toujours en entendant parler d'argent gaspillé, et ne comprenait même pas les plaisanteries sur ce sujet. « Le fait est que je ne me sens pas bien, dit le comte ; comment n'ai-je pas songé à apporter des provisions ? » Chacun se faisait le même reproche.

Cependant Cornudet avait une gourde pleine de rhum ; il en offrit : on refusa froidement. Loiseau seul en accepta deux gouttes, et, lorsqu'il rendit la gourde, il remercia : « C'est bon tout de même, ça réchauffe, et ça trompe l'appétit. » L'alcool le mit en belle humeur et il proposa de faire comme sur le petit navire de la chanson : de manger le plus gras des voyageurs[1]. Cette allusion indirecte à Boule de suif choqua les gens bien élevés. On ne répondit pas ; Cornudet seul eut un sourire. Les deux bonnes sœurs avaient cessé de marmotter leur rosaire[2], et, les mains enfoncées dans leurs grandes manches, elles se tenaient immobiles, baissant obstinément les yeux, offrant sans doute au ciel la souffrance qu'il leur envoyait.

Enfin, à trois heures, comme on se trouvait au milieu d'une plaine interminable, sans un seul village en vue, Boule de suif, se baissant vivement, retira de sous la banquette un large panier couvert d'une serviette blanche.

Elle en sortit d'abord une petite assiette de faïence, une fine timbale en argent, puis une vaste terrine dans laquelle deux poulets entiers, tout découpés, avaient confit[3] sous leur gelée, et l'on apercevait encore dans le panier d'autres bonnes choses enveloppées, des pâtés, des fruits, des friandises, les provisions préparées pour un voyage de trois jours, afin de ne point toucher à la cuisine des auberges. Quatre goulots de bouteilles passaient entre les paquets de nourriture. Elle prit une aile de poulet et, délicatement, se mit à la manger avec un de ces petits pains qu'on appelle « Régence » en Normandie.

Tous les regards étaient tendus vers elle. Puis l'odeur se répandit, élargissant les narines, faisant venir aux bouches une salive abondante avec une contraction

1. Allusion à une chanson qui raconte le sort d'un mousse mangé par les autres marins affamés.
2. Série de prières.
3. Étaient conservés.

douloureuse de la mâchoire sous les oreilles. Le mépris des dames pour cette fille devenait féroce, comme une envie de la tuer, ou de la jeter en bas de la voiture, dans la neige, elle, sa timbale, son panier et ses provisions.

Mais Loiseau dévorait des yeux la terrine de poulet. Il dit : « À la bonne heure, Madame a eu plus de précaution que nous. Il y a des personnes qui savent toujours penser à tout. » Elle leva la tête vers lui : « Si vous en désirez, monsieur ? C'est dur de jeûner[4] depuis le matin. » Il salua : « Ma foi, franchement, je ne refuse pas, je n'en peux plus. À la guerre comme à la guerre, n'est-ce pas, madame ? » Et, jetant un regard circulaire, il ajouta : « Dans des moments comme celui-ci, on est bien aise de trouver des gens qui vous obligent[5]. » Il avait un journal, qu'il étendit pour ne point tacher son pantalon, et sur la pointe d'un couteau toujours logé dans sa poche, il enleva une cuisse toute vernie de gelée, la dépeça des dents, puis la mâcha avec une satisfaction si évidente qu'il y eut dans la voiture un grand soupir de détresse.

Mais Boule de suif, d'une voix humble et douce, proposa aux bonnes sœurs de partager sa collation[6]. Elles acceptèrent toutes les deux instantanément, et, sans lever les yeux, se mirent à manger très vite après avoir balbutié[7] des remerciements. Cornudet ne refusa pas non plus les offres de sa voisine, et l'on forma avec les religieuses une sorte de table en développant des journaux sur les genoux.

Les bouches s'ouvraient et se fermaient sans cesse, avalaient, mastiquaient, engloutissaient férocement. Loiseau, dans son coin, travaillait dur, et, à voix basse, il

### ? À votre Avis

***Les voyageurs, à l'exception de Boule de suif, sont partis sans provisions car…***

- ❑ ils sont partis dans l'urgence ?
- ❑ ils pensaient prendre leurs repas dans des auberges ?
- ❑ ils avaient trop de bagages ?

**4.** De ne pas manger.
**5.** Rendent service.
**6.** Son petit repas.
**7.** Bafouillé.

engageait sa femme à l'imiter. Elle résista longtemps, puis, après une crispation qui lui parcourut les entrailles, elle céda. Alors son mari, arrondissant sa phrase, demanda à leur « charmante compagne » si elle lui permettait d'offrir un petit morceau à Mme Loiseau. Elle dit : « Mais oui, certainement, monsieur », avec un sourire aimable, et tendit la terrine.

Un embarras se produisit lorsqu'on eut débouché la première bouteille de bordeaux : il n'y avait qu'une timbale. On se la passa après l'avoir essuyée. Cornudet seul, par galanterie sans doute, posa ses lèvres à la place humide encore des lèvres de sa voisine.

Alors, entourés de gens qui mangeaient, suffoqués par les émanations[1] des nourritures, le comte et la comtesse de Bréville, ainsi que M. et Mme Carré-Lamadon souffrirent ce supplice odieux qui a gardé le nom de Tantale. Tout d'un coup la jeune femme du manufacturier poussa un soupir qui fit retourner les têtes ; elle était aussi blanche que la neige du dehors ; ses yeux se fermèrent, son front tomba : elle avait perdu connaissance. Son mari, affolé, implorait le secours de tout le monde. Chacun perdait l'esprit, quand la plus âgée des bonnes sœurs, soutenant la tête de la malade, glissa entre ses lèvres la timbale de Boule de suif et lui fit avaler quelques gouttes de vin. La jolie dame remua, ouvrit les yeux, sourit, et déclara d'une voix mourante qu'elle se sentait fort bien maintenant. Mais, afin que cela ne se renouvelât plus, la religieuse la contraignit à boire un plein verre de bordeaux, et elle ajouta : « C'est la faim, pas autre chose. »

### Tantale

Mythe de l'Antiquité grecque : pour avoir révélé aux mortels les secrets de l'Olympe et avoir volé la boisson des dieux, Tantale est cruellement puni. Il est plongé dans l'eau jusqu'au cou, mais le niveau baisse chaque fois qu'il veut boire. De plus, une branche de fruits toute proche de lui s'écarte à chaque fois qu'il tend la main pour l'attraper (voir la gravure ci-contre). ■

1. Odeurs.

Ci-contre : *Le Supplice de Tantale*, gravure de Bernard Picart, 1731.

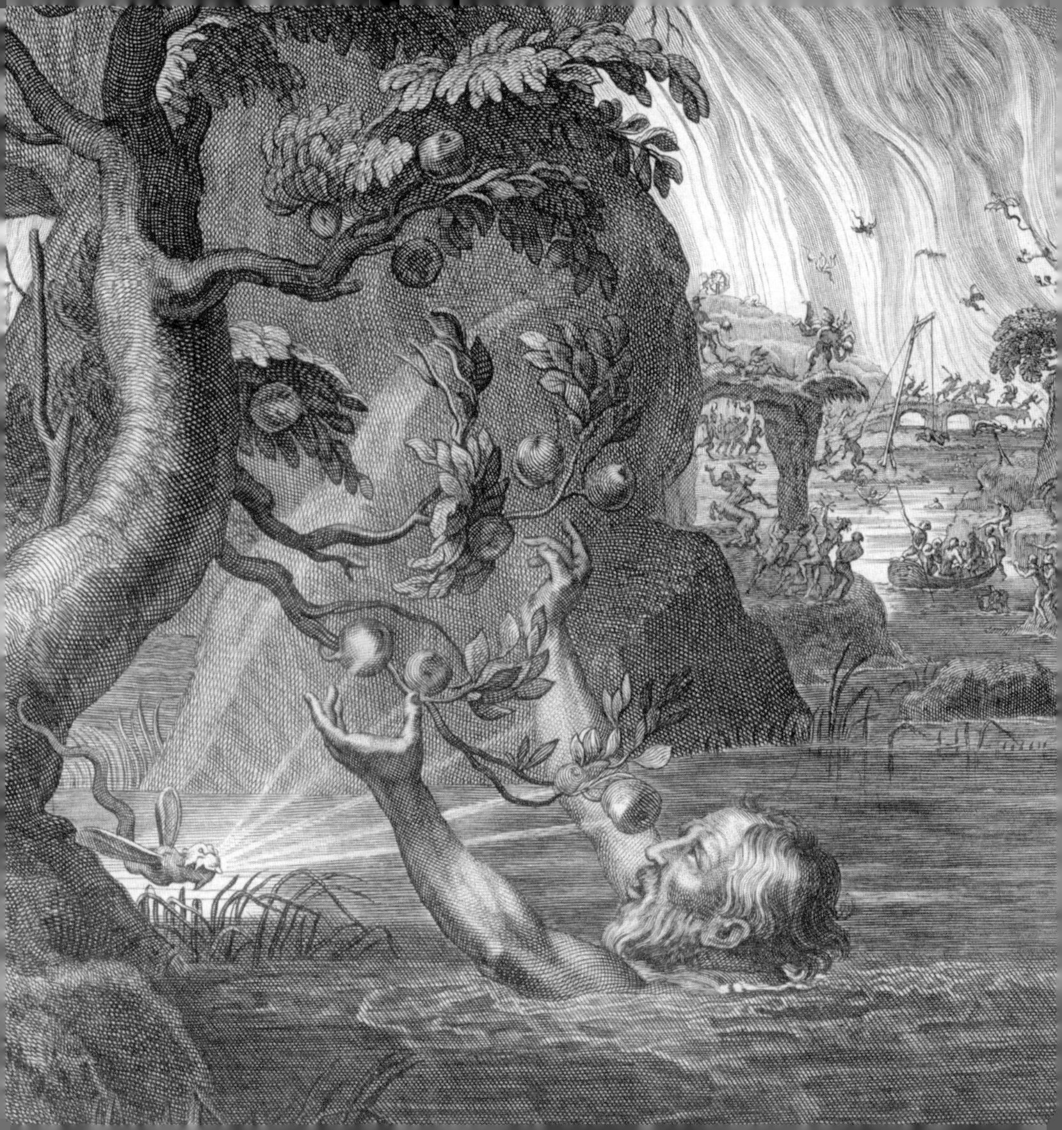

4

Alors Boule de suif, rougissante et embarrassée, balbutia en regardant les quatre voyageurs restés à jeun : « Mon Dieu, si j'osais offrir à ces messieurs et à ces dames… » Elle se tut, craignant un outrage[1]. Loiseau prit la parole : « Eh, parbleu, dans des cas pareils tout le monde est frère et doit s'aider. Allons, mesdames, pas de cérémonie[2] : acceptez, que diable ! Savons-nous si nous trouverons seulement une maison où passer la nuit ? Du train dont nous allons, nous ne serons pas à Tôtes avant demain midi. » On hésitait, personne n'osant assumer la responsabilité du « oui ». Mais le comte trancha la question. Il se tourna vers la grosse fille intimidée, et, prenant son grand air de gentilhomme, il lui dit : « Nous acceptons avec reconnaissance, madame. »

Le premier pas seul coûtait. Une fois le Rubicon passé on s'en donna carrément. Le panier fut vidé. Il contenait encore un pâté de foie gras, un pâté de mauviettes[3], un morceau de langue fumée, des poires de Crassane, un pavé de pont-l'évêque[4], des petits-fours[5] et une tasse pleine de cornichons et d'oignons au vinaigre : Boule de suif, comme toutes les femmes, adorant les crudités.

On ne pouvait manger les provisions de cette fille sans lui parler. Donc on causa, avec réserve d'abord, puis, comme elle se tenait fort bien, on s'abandonna davantage. Mmes de Bréville et Carré-Lamadon, qui avaient un grand savoir-vivre, se firent gracieuses avec délicatesse. La comtesse surtout montra cette condescendance[6] aimable des très nobles dames qu'aucun contact ne peut salir, et fut charmante. Mais la forte Mme Loiseau, qui

### Le Rubicon

Fleuve côtier de l'Italie qui formait la frontière entre la Gaule et l'Italie. Il était interdit à tout général romain de franchir en armes cette frontière sans la permission du Sénat. En 50 av. J.-C., César désobéit à cet ordre. L'expression signifie ici « passer à l'action ». ■

1. Craignant de les avoir offensés.
2. Manières.
3. Alouettes.
4. Fromage normand.
5. Pâtisseries.
6. Bienveillance un peu méprisante.

avait une âme de gendarme, resta revêche[7], parlant peu et mangeant beaucoup.

On s'entretint de la guerre naturellement. On raconta des faits horribles des Prussiens, des traits de bravoure des Français ; et tous ces gens qui fuyaient rendirent hommage au courage des autres. Les histoires personnelles commencèrent bientôt et Boule de suif raconta, avec une émotion vraie, avec cette chaleur de parole qu'ont parfois les filles pour exprimer leurs emportements naturels, comment elle avait quitté Rouen : « J'ai cru d'abord que je pourrais rester, disait-elle. J'avais ma maison pleine de provisions, et j'aimais mieux nourrir quelques soldats que m'expatrier je ne sais où. Mais quand je les ai vus, ces Prussiens, ce fut plus fort que moi ! Ils m'ont tourné le sang de colère ; et j'ai pleuré de honte toute la journée. Oh ! si j'étais un homme, allez ! Je les regardais de ma fenêtre, ces gros porcs avec leur casque à pointe, et ma bonne[8] me tenait les mains pour m'empêcher de leur jeter mon mobilier sur le dos. Puis il en est venu pour loger chez moi ; alors j'ai sauté à la gorge du premier. Ils ne sont pas plus difficiles à étrangler que d'autres ! Et je l'aurais terminé, celui-là, si l'on ne m'avait pas tirée par les cheveux. Il a fallu me cacher après ça. Enfin, quand j'ai trouvé une occasion, je suis partie, et me voici. »

On la félicita beaucoup. Elle grandissait dans l'estime de ses compagnons qui ne s'étaient pas montrés si crânes[9] ; et Cornudet, en l'écoutant, gardait un sourire approbateur et bienveillant d'apôtre[10] ; de même un prêtre entend un dévot louer Dieu, car les démocrates à

**? À votre Avis**

***Pourquoi Boule de suif fuit-elle Rouen ?***

- ❑ Pour rejoindre quelqu'un.
- ❑ Par lâcheté.
- ❑ Par peur des représailles après un acte courageux.

**7.** Peu aimable.
**8.** Ma servante.
**9.** Courageux.
**10.** Disciple de Jésus-Christ.

longue barbe ont le monopole du patriotisme comme les hommes en soutane ont celui de la religion. Il parla à son tour d'un ton doctrinaire, avec l'emphase[1] apprise dans les proclamations qu'on collait chaque jour aux murs, et il finit par un morceau d'éloquence où il étrillait[2] magistralement cette « crapule de Badinguet[3] ».

Mais Boule de suif aussitôt se fâcha, car elle était bonapartiste[4]. Elle devenait plus rouge qu'une guigne[5] et, bégayant d'indignation : « J'aurais bien voulu vous voir à sa place, vous autres. Ça aurait été du propre, ah oui ! C'est vous qui l'avez trahi, cet homme ! On n'aurait plus qu'à quitter la France si l'on était gouverné par des polissons comme vous ! » Cornudet, impassible, gardait un sourire dédaigneux et supérieur, mais on sentait que les gros mots allaient arriver quand le comte s'interposa et calma, non sans peine, la fille exaspérée, en proclamant avec autorité que toutes les opinions sincères étaient respectables. Cependant la comtesse et la manufacturière, qui avaient dans l'âme la haine irraisonnée des gens comme il faut pour la République, et cette instinctive tendresse que nourrissent toutes les femmes pour les gouvernements à panache et despotiques[6], se sentaient, malgré elles, attirées vers cette prostituée pleine de dignité, dont les sentiments ressemblaient si fort aux leurs.

Le panier était vide. À dix on l'avait tari[7] sans peine, en regrettant qu'il ne fût pas plus grand. La conversation continua quelque temps, un peu refroidie néanmoins depuis qu'on avait fini de manger.

La nuit tombait, l'obscurité peu à peu devint profonde, et le froid, plus sensible pendant les digestions, faisait

1. Manière élégante et forte de parler.
2. Attaquait.
3. Surnom donné à Napoléon III par les opposants au second Empire.
4. En faveur du second Empire.
5. Cerise.
6. Tyranniques.
7. Vidé.

frissonner Boule de suif, malgré sa graisse. Alors Mme de Bréville lui proposa sa chaufferette dont le charbon depuis le matin avait été plusieurs fois renouvelé, et l'autre accepta tout de suite, car elle se sentait les pieds gelés. Mmes Carré-Lamadon et Loiseau donnèrent les leurs aux religieuses.

Le cocher avait allumé ses lanternes. Elles éclairaient d'une lueur vive un nuage de buée au-dessus de la croupe en sueur des timoniers[8], et, des deux côtés de la route, la neige qui semblait se dérouler sous le reflet mobile des lumières.

On ne distinguait plus rien dans la voiture ; mais tout à coup un mouvement se fit entre Boule de suif et Cornudet ; et Loiseau, dont l'œil fouillait l'ombre, crut voir l'homme à la grande barbe s'écarter vivement comme s'il eût reçu quelque bon coup lancé sans bruit.

**8.** Chevaux.

# pause lecture 2

questions sur la deuxième partie

## Dans la diligence

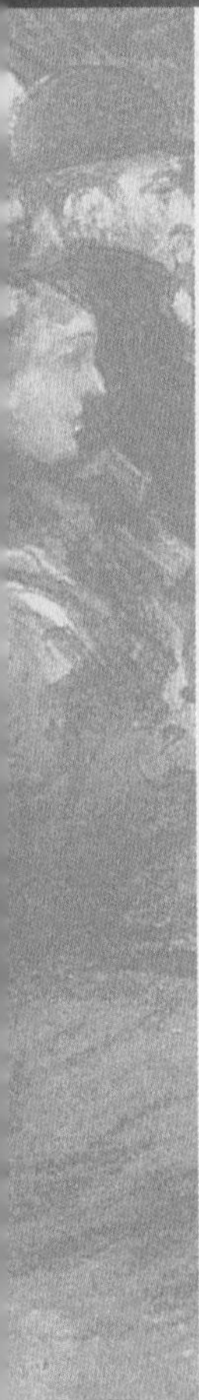

### Une galerie de portraits

- Quelles sont les personnes qui voyagent par deux ? Quel est leur statut ?
- Quelles sont les personnes qui voyagent seules ? Quelles sont leurs idées politiques ?
- Pourquoi Boule de suif est-elle rejetée, dans un premier temps ? D'où vient son surnom ? VOIR ? PAGE 31

**1 Des couples bien assortis...**

- M. et Mme Carré-Lamadon sont-ils aussi respectables qu'ils le paraissent ?
- Comment la famille des Bréville est-elle devenue noble ?
- Quelles sont les caractéristiques physiques des religieuses ?
- Pourquoi Loiseau est-il qualifié de « filou » et de « fripon » ?

**2 Cornudet le démoc**

- Pourquoi Cornudet se rend-il au Havre ?
- Montrez que ce personnage est présenté sous un jour sympathique.

**3 Boule de suif**

- Relevez les comparaisons et les métaphores qui sont utilisées dans le portrait de Boule de suif (lignes 117 à 130). À quel domaine appartiennent-elles ?
- Dans la diligence, Boule de suif est-elle assise du côté des femmes ou du côté des hommes ? Pourquoi, selon vous ?

## Le repas

- Par quoi les voyageurs sont-ils retardés ?
- Combien de temps s'écoule-t-il entre le début du voyage et le repas ?
- Pourquoi les voyageurs, à l'exception de Boule de suif, n'ont-ils pas pris de provisions ? VOIR ? PAGE 35

### 1 La faim

- Quel est l'effet de la faim sur l'ambiance qui règne dans la voiture ?
- Pourquoi Boule de suif se penche-t-elle (p. 33) ?

### 2 La tentation

- Quel personnage mythologique incarne la tentation inassouvie ?
- Pour quelle raison Boule de suif a-t-elle des provisions, à la différence des autres voyageurs ? Comment qualifier les aliments qu'elle a emportés ?
- Pourquoi, dans un premier temps, n'ose-t-elle pas partager ses provisions avec les autres voyageurs ?

### 3 La collation

- Dans quel ordre les passagers acceptent-ils de partager le repas de Boule de suif ? Pourquoi, selon vous ?
- Relevez les termes qui caractérisent la façon de manger des voyageurs et caractérisez leur attitude.
- Pourquoi les voyageurs essuient-ils la timbale avant de boire ?

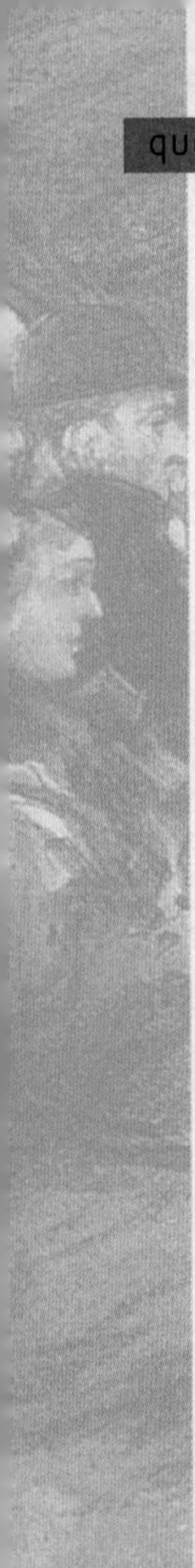

## Les conversations

- Pour quelle raison les voyageurs se mettent-ils à parler à Boule de suif ?
- Quel événement a incité Boule de suif à fuir Rouen ? VOIR ? PAGE 39

### 1 Les façons de parler

- Sur quel ton Boule de suif s'adresse-t-elle aux voyageurs ? Pourquoi ?
- Comparez les façons de parler de Loiseau et celle de M. de Bréville. Que reflètent-elles ?

### 2 Les raisons du voyage

- Pourquoi Loiseau est-il parti de Rouen ? et Cornudet ?
- Quel sentiment profond pousse Boule de suif à fuir Rouen ?

### 3 Les groupes qui se forment

- Au début du voyage, quels rapprochements ont lieu dans le groupe des femmes ? et dans celui des hommes ?
- Quels sont les deux personnages qui sont mis à l'écart par les autres voyageurs ? Pour quelles raisons ? Que tente Cornudet pendant la nuit ?
- Comment réagissent les voyageurs aux idées politiques de Boule de suif ?
- Comment qualifier l'ambiance qui règne dans la diligence après le repas ?

## Du texte à l'image

### Observez l'image → voir dossier images p. II

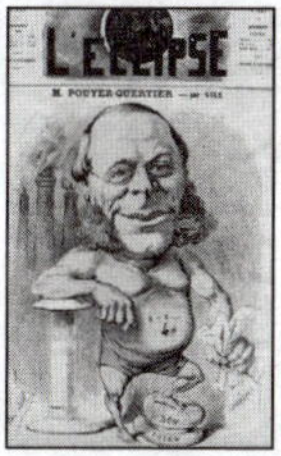


- Sur quoi le pied de M. Pouyer-Quertier est-il posé ? et son coude ? Qu'aperçoit-on à l'arrière-plan ?
- À quelle classe sociale appartient M. Pouyer-Quertier ? À quel personnage de la nouvelle peut-il faire penser ?
- Pourquoi peut-on qualifier ce portrait de caricature ?
- Que critique André Gill ?

Portrait-charge par André Gill, *L'Éclipse*, n° 22, 21 juin 1868.

# À vous de jouer !

### Écrivez un récit

Vous est-il déjà arrivé d'avoir extrêmement faim ou extrêmement soif ? Racontez les circonstances de ce « supplice » et le soulagement que vous avez ressenti après avoir mangé ou bu.

### Jouez une scène

Vous êtes dans un compartiment de train avec d'autres voyageurs. L'un d'entre eux sort de son sac une bouteille d'eau et vous avez très soif. Vous finissez par vaincre votre timidité et vous lui demandez à boire. Malheureusement pour vous, il ne parle pas français.

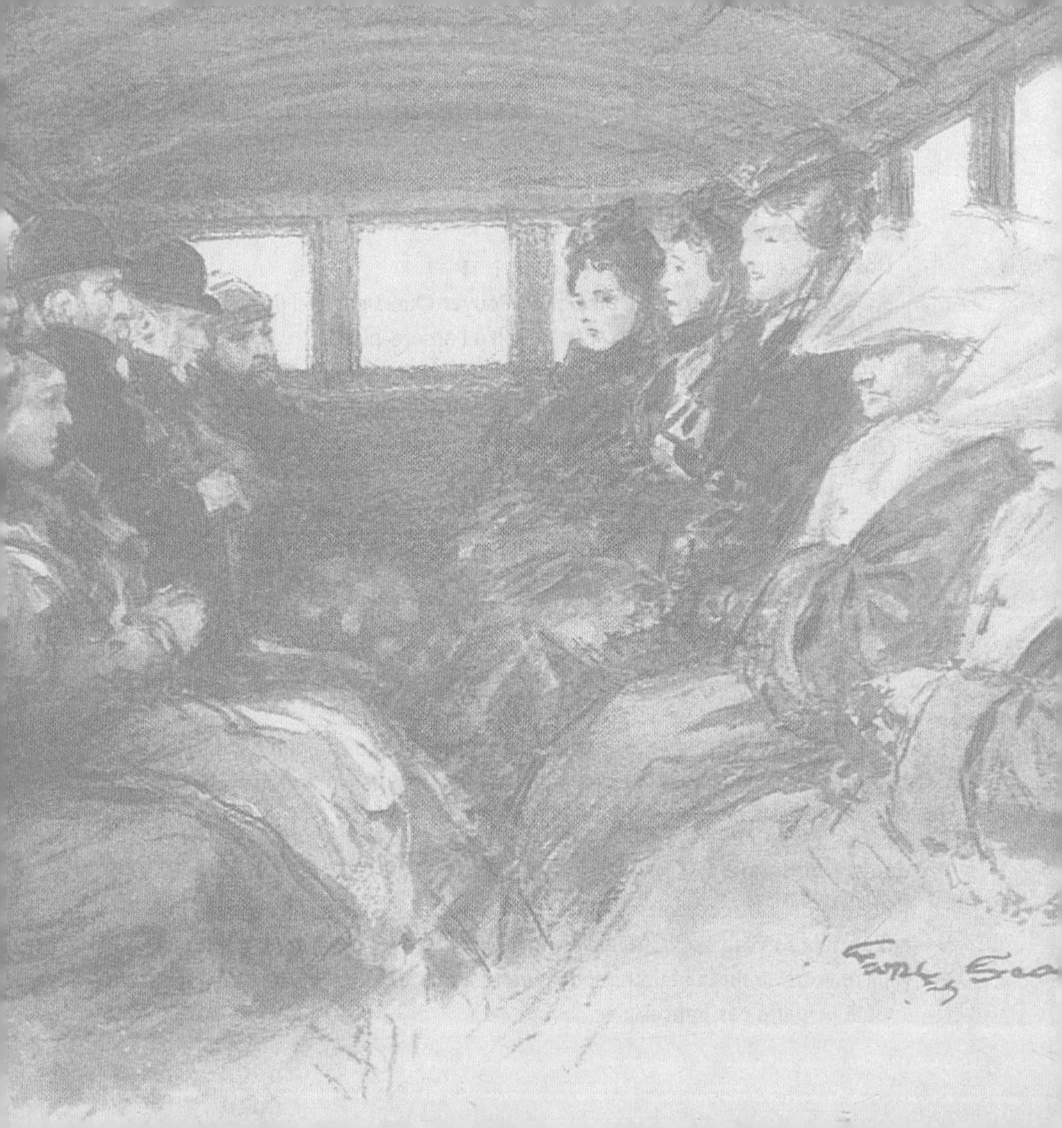

## 3e partie

**DES PETITS POINTS DE FEU PARURENT** en avant sur la route. C'était Tôtes[1]. On avait marché onze heures, ce qui, avec les deux heures de repos laissées en quatre fois aux chevaux pour manger l'avoine et souffler, faisait quatorze. On entra dans le bourg et devant l'Hôtel du Commerce on s'arrêta.

La portière s'ouvrit ! Un bruit bien connu fit tressaillir tous les voyageurs ; c'étaient les heurts d'un fourreau[2] de sabre sur le sol. Aussitôt la voix d'un Allemand cria quelque chose.

Bien que la diligence fût immobile, personne ne descendait, comme si l'on se fût attendu à être massacré à la sortie. Alors le conducteur apparut tenant à la main une de ses lanternes qui éclaira subitement jusqu'au fond de la voiture les deux rangs de têtes effarées, dont les bouches étaient ouvertes et les yeux écarquillés de surprise et d'épouvante.

À côté du cocher se tenait, en pleine lumière, un officier allemand, un grand jeune homme excessivement mince et blond, serré dans son uniforme comme une fille en son corset, et portant sur le côté sa casquette plate et cirée qui le faisait ressembler au chasseur[3] d'un hôtel anglais. Sa moustache démesurée, à longs poils droits, s'amincissant indéfiniment de chaque côté et terminée par un seul fil blond si mince qu'on n'en apercevait pas la fin, semblait peser sur les coins de sa bouche, et, tirant la joue, imprimait aux lèvres un pli tombant.

1. Voir la carte, p. 12.
2. Étui.
3. À l'employé.

Il invita en français d'Alsacien[1] les voyageurs à sortir, disant d'un ton raide : « Foulez-fous tescentre, messieurs et tames ? »

Les deux bonnes sœurs obéirent les premières avec une docilité de saintes filles habituées à toutes les soumissions. Le comte et la comtesse parurent ensuite, suivis du manufacturier et de sa femme, puis de Loiseau poussant devant lui sa grande moitié. Celui-ci, en mettant pied à terre, dit à l'officier : « Bonjour, monsieur », par un sentiment de prudence bien plus que de politesse. L'autre, insolent comme les gens tout-puissants, le regarda sans répondre.

Boule de suif et Cornudet, bien que près de la portière, descendirent les derniers, graves et hautains devant l'ennemi. La grosse fille tâchait de se dominer et d'être calme ; le démoc tourmentait d'une main tragique et un peu tremblante sa longue barbe roussâtre. Ils voulaient garder de la dignité, comprenant qu'en ces rencontres-là chacun représente un peu son pays ; et pareillement révoltés par la souplesse de leurs compagnons, elle, tâchait de se montrer plus fière que ses voisines les femmes honnêtes, tandis que lui, sentant bien qu'il devait l'exemple, continuait en toute son attitude sa mission de résistance commencée au défoncement des routes.

On entra dans la vaste cuisine de l'auberge, et l'Allemand, s'étant fait présenter l'autorisation de départ signée par le général en chef et où étaient mentionnés les noms, le signalement et la profession de chaque voyageur, examina longuement tout ce monde, comparant les personnes aux renseignements écrits.

1. Avec un fort accent.

Puis il dit brusquement : « C'est pien », et il disparut.

Alors on respira. On avait faim encore ; le souper fut commandé. Une demi-heure était nécessaire pour l'apprêter[2] ; et, pendant que deux servantes avaient l'air de s'en occuper, on alla visiter les chambres. Elles se trouvaient toutes dans un long couloir que terminait une porte vitrée marquée d'un numéro parlant.

Enfin on allait se mettre à table, quand le patron de l'auberge parut lui-même. C'était un ancien marchand de chevaux, un gros homme asthmatique, qui avait toujours des sifflements, des enrouements[3], des chants de glaires[4] dans le larynx. Son père lui avait transmis le nom de Follenvie.

Il demanda :

« Mademoiselle Élisabeth Rousset ? »

Boule de suif tressaillit, se retourna :

« C'est moi.

– Mademoiselle, l'officier prussien veut vous parler immédiatement.

– À moi ?

– Oui, si vous êtes bien mademoiselle Élisabeth Rousset. »

Elle se troubla, réfléchit une seconde, puis déclara carrément :

« C'est possible, mais je n'irai pas. »

Un mouvement se fit autour d'elle ; chacun discutait, cherchait la cause de cet ordre. Le comte s'approcha :

« Vous avez tort, madame, car votre refus peut amener des difficultés considérables, non seulement pour vous, mais même pour tous vos compagnons. Il ne

**2.** Le préparer.

**3.** Altérations de la voix.

**4.** Sécrétions de muqueuses.

faut jamais résister aux gens qui sont les plus forts. Cette démarche assurément ne peut présenter aucun danger ; c'est sans doute pour quelque formalité oubliée. »

Tout le monde se joignit à lui, on la pria, on la pressa, on la sermonna, et l'on finit par la convaincre ; car tous redoutaient les complications qui pourraient résulter d'un coup de tête. Elle dit enfin :

« C'est pour vous que je le fais, bien sûr ! »

La comtesse lui prit la main :

« Et nous vous en remercions. »

Elle sortit. On l'attendit pour se mettre à table. Chacun se désolait de n'avoir pas été demandé à la place de cette fille violente et irascible[1], et préparait mentalement des platitudes[2] pour le cas où on l'appellerait à son tour.

Mais au bout de dix minutes elle reparut, soufflant, rouge à suffoquer, exaspérée. Elle balbutiait : « Oh la canaille ! la canaille ! »

Tous s'empressaient pour savoir, mais elle ne dit rien ; et, comme le comte insistait, elle répondit avec une grande dignité : « Non, cela ne vous regarde pas, je ne peux pas parler. »

Alors on s'assit autour d'une haute soupière d'où sortait un parfum de choux. Malgré cette alerte, le souper fut gai. Le cidre était bon, le ménage Loiseau et les bonnes sœurs en prirent, par économie. Les autres demandèrent du vin ; Cornudet réclama de la bière. Il avait une façon particulière de déboucher la bouteille, de faire mousser le liquide, de le considérer en penchant le verre, qu'il élevait ensuite entre la lampe et son œil pour bien apprécier la couleur. Quand il buvait, sa

**? À votre Avis**

***Pourquoi Boule de suif ne peut-elle pas parler ?***

- ❑ Elle a honte.
- ❑ Elle a mal à la gorge.
- ❑ Elle est timide.

1. Coléreuse.
2. Paroles banales.

grande barbe, qui avait gardé la nuance de son breuvage aimé, semblait tressaillir de tendresse ; ses yeux louchaient pour ne point perdre de vue sa chope[3], et il avait l'air de remplir l'unique fonction pour laquelle il était né. On eût dit qu'il établissait en son esprit un rapprochement et comme une affinité entre les deux grandes passions qui occupaient toute sa vie : le Pale Ale[4] et la Révolution ; et assurément il ne pouvait déguster l'un sans songer à l'autre.

M. et Mme Follenvie dînaient tout au bout de la table. L'homme, râlant[5] comme une locomotive crevée, avait trop de tirage[6] dans la poitrine pour pouvoir parler en mangeant ; mais la femme ne se taisait jamais. Elle raconta toutes ses impressions à l'arrivée des Prussiens, ce qu'ils faisaient, ce qu'ils disaient, les exécrant[7] d'abord parce qu'ils lui coûtaient de l'argent, et, ensuite, parce qu'elle avait deux fils à l'armée. Elle s'adressait surtout à la comtesse, flattée de causer avec une dame de qualité.

Puis elle baissait la voix pour dire les choses délicates, et son mari, de temps en temps, l'interrompait : « Tu ferais mieux de te taire, madame Follenvie. » Mais elle n'en tenait aucun compte, et continuait :

« Oui, madame, ces gens-là, ça ne fait que manger des pommes de terre et du cochon, et puis du cochon et des pommes de terre. Et il ne faut pas croire qu'ils sont propres. – Oh non ! – Ils ordurent[8] partout, sauf le respect que je vous dois. Et si vous les voyiez faire l'exercice pendant des heures et des jours ; ils sont là tous dans un champ : – Et marche en avant, et marche en

3. Son verre de bière.
4. Bière anglaise blonde.
5. Émettant un bruit rauque.
6. Mouvement de l'air dans une cheminée.
7. Détestant.
8. Laissent des ordures.

arrière, et tourne par-ci, et tourne par-là. – S'ils cultivaient la terre au moins, ou s'ils travaillaient aux routes dans leur pays ! – Mais non, madame, ces militaires, ça n'est profitable à personne ! Faut-il que le pauvre peuple les nourrisse pour n'apprendre qu'à massacrer ! – Je ne suis qu'une vieille femme sans éducation, c'est vrai, mais en les voyant qui s'esquintent le tempérament[1] à piétiner du matin au soir, je me dis : – Quand il y a des gens qui font tant de découvertes pour être utiles, faut-il que d'autres se donnent tant de mal pour être nuisibles ! Vraiment, n'est-ce pas une abomination de tuer des gens, qu'ils soient Prussiens, ou bien Anglais, ou bien Polonais, ou bien Français ? – Si l'on se revenge[2] sur quelqu'un qui vous a fait tort, c'est mal, puisqu'on vous condamne ; mais quand on extermine nos garçons comme du gibier avec des fusils, c'est donc bien, puisqu'on donne des décorations à celui qui en détruit le plus ? – Non, voyez-vous, je ne comprendrai jamais cela ! »

Cornudet éleva la voix :

« La guerre est une barbarie quand on attaque un voisin paisible ; c'est un devoir sacré quand on défend la patrie. »

La vieille femme baissa la tête :

« Oui, quand on se défend, c'est autre chose ; mais si l'on ne devrait pas plutôt tuer tous les rois qui font ça pour leur plaisir ? »

L'œil de Cornudet s'enflamma :

« Bravo citoyenne », dit-il.

M. Carré-Lamadon réfléchissait profondément. Bien

1. Perdent leur temps.
2. Se venge.

qu'il fût fanatique des illustres capitaines, le bon sens de cette paysanne le faisait songer à l'opulence qu'apporteraient dans un pays tant de bras inoccupés et par conséquent ruineux, tant de forces qu'on entretient improductives, si on les employait aux grands travaux industriels qu'il faudra des siècles pour achever.

Mais Loiseau, quittant sa place, alla causer tout bas avec l'aubergiste. Le gros homme riait, toussait, crachait ; son énorme ventre sautillait de joie aux plaisanteries de son voisin, et il lui acheta six feuillettes[3] de bordeaux pour le printemps, quand les Prussiens seraient partis.

Le souper à peine achevé, comme on était brisé de fatigue, on se coucha.

Cependant Loiseau, qui avait observé les choses, fit mettre au lit son épouse, puis colla tantôt son oreille et tantôt son œil au trou de la serrure, pour tâcher de découvrir ce qu'il appelait : « les mystères du corridor ».

Au bout d'une heure environ, il entendit un frôlement, regarda bien vite, et aperçut Boule de suif qui paraissait plus replète[4] encore sous un peignoir de cachemire bleu, bordé de dentelles blanches. Elle tenait un bougeoir à la main et se dirigeait vers le gros numéro tout au fond du couloir. Mais une porte, à côté, s'entrouvrit, et, quand elle revint au bout de quelques minutes, Cornudet, en bretelles, la suivait. Ils parlaient bas, puis ils s'arrêtèrent. Boule de suif semblait défendre l'entrée de sa chambre avec énergie. Loiseau, malheureusement, n'entendait pas les paroles, mais à la fin, comme ils élevaient la voix, il put en saisir quelques-unes. Cornudet insistait avec vivacité. Il disait :

3. Tonneaux.
4. Dodue.

« Voyons, vous êtes bête, qu'est-ce que ça vous fait ? »

Elle avait l'air indignée et répondit :

« Non, mon cher, il y a des moments où ces choses-là ne se font pas ; et puis, ici, ce serait une honte. »

Il ne comprenait point, sans doute, et demanda pourquoi. Alors elle s'emporta, élevant encore le ton :

« Pourquoi ? Vous ne comprenez pas pourquoi ? Quand il y a des Prussiens dans la maison, dans la chambre à côté, peut-être ? »

Il se tut. Cette pudeur patriotique de catin[1] qui ne se laissait point caresser près de l'ennemi dut réveiller en son cœur sa dignité défaillante, car, après l'avoir seulement embrassée, il regagna sa porte à pas de loup.

Loiseau, très allumé[2], quitta la serrure, battit un entrechat[3] dans sa chambre, mit son madras[4], souleva le drap sous lequel gisait la dure carcasse de sa compagne qu'il réveilla d'un baiser en murmurant : « M'aimes-tu, chérie ? »

Alors toute la maison devint silencieuse. Mais bientôt s'éleva quelque part, dans une direction indéterminée qui pouvait être la cave aussi bien que le grenier, un ronflement puissant, monotone, régulier, un bruit sourd et prolongé, avec des tremblements de chaudière sous pression. M. Follenvie dormait.

Comme on avait décidé qu'on partirait à huit heures le lendemain, tout le monde se trouva dans la cuisine ; mais la voiture, dont la bâche avait un toit de neige, se dressait solitaire au milieu de la cour, sans chevaux et sans conducteur. On chercha en vain celui-ci dans les écuries, dans les fourrages, dans les remises. Alors tous

1. Prostituée.
2. Excité.
3. Fit un petit saut.
4. Mouchoir en tissu indien qui, noué, servait de bonnet de nuit.

les hommes se résolurent à battre le pays et ils sortirent. Ils se trouvèrent sur la place, avec l'église au fond et, des deux côtés, des maisons basses où l'on apercevait des soldats prussiens. Le premier qu'ils virent épluchait des pommes de terre. Le second, plus loin, lavait la boutique du coiffeur. Un autre, barbu jusqu'aux yeux, embrassait un mioche qui pleurait et le berçait sur ses genoux pour tâcher de l'apaiser ; et les grosses paysannes dont les hommes étaient à « l'armée de la guerre », indiquaient par signes à leurs vainqueurs obéissants le travail qu'il fallait entreprendre : fendre du bois, tremper la soupe, moudre le café ; un d'eux même lavait le linge de son hôtesse, une aïeule tout impotente[5].

Le comte, étonné, interrogea le bedeau[6] qui sortait du presbytère[7]. Le vieux rat d'église lui répondit : « Oh ! ceux-là ne sont pas méchants ; c'est pas des Prussiens, à ce qu'on dit. Ils sont de plus loin ; je ne sais pas bien d'où ; et ils ont tous laissé une femme et des enfants au pays ; ça ne les amuse pas, la guerre, allez ! Je suis sûr qu'on pleure bien aussi là-bas après les hommes ; et ça fournira une fameuse misère chez eux comme chez nous. Ici, encore, on n'est pas trop malheureux pour le moment, parce qu'ils ne font pas de mal et qu'ils travaillent comme s'ils étaient dans leurs maisons. Voyez-vous, monsieur, entre pauvres gens, faut bien qu'on s'aide… C'est les grands qui font la guerre. »

Cornudet, indigné de l'entente cordiale établie entre les vainqueurs et les vaincus, se retira, préférant s'enfermer dans l'auberge. Loiseau eut un mot pour rire :

5. Invalide.
6. Employé d'une église.
7. Habitation d'un curé.

« Ils repeuplent. » M. Carré-Lamadon eut un mot grave : « Ils réparent. » Mais on ne trouvait pas le cocher. À la fin on le découvrit dans le café du village, attablé fraternellement avec l'ordonnance[1] de l'officier. Le comte l'interpella :

« Ne vous avait-on pas donné l'ordre d'atteler pour huit heures ?

– Ah bien oui, mais on m'en a donné un autre depuis.

– Lequel ?

– De ne pas atteler du tout.

– Qui vous a donné cet ordre ?

– Ma foi ! le commandant prussien.

– Pourquoi ?

– Je n'en sais rien. Allez lui demander. On me défend d'atteler, moi je n'attelle pas. – Voilà.

– C'est lui-même qui vous a dit cela ?

– Non, monsieur, c'est l'aubergiste qui m'a donné l'ordre de sa part.

– Quand ça ?

– Hier soir, comme j'allais me coucher. »

Les trois hommes rentrèrent fort inquiets.

On demanda M. Follenvie, mais la servante répondit que Monsieur, à cause de son asthme, ne se levait jamais avant dix heures. Il avait même formellement défendu de le réveiller plus tôt, excepté en cas d'incendie.

On voulut voir l'officier, mais cela était impossible absolument, bien qu'il logeât dans l'auberge. M. Follenvie seul était autorisé à lui parler pour les affaires civiles[2]. Alors on attendit. Les femmes remontèrent dans leurs chambres, et des futilités[3] les occupèrent.

1. Aide de camp.
2. Qui concernent les civils, par opposition aux militaires.
3. Affaires sans importance.

Cornudet s'installa sous la haute cheminée de la cuisine, où flambait un grand feu. Il se fit apporter là une des petites tables du café, une canette[4], et il tira sa pipe qui jouissait parmi les démocrates d'une considération presque égale à la sienne, comme si elle avait servi la patrie en servant à Cornudet. C'était une superbe pipe en écume[5] admirablement culottée[6], aussi noire que les dents de son maître, mais parfumée, recourbée, luisante, familière à sa main, et complétant sa physionomie. Et il demeura immobile, les yeux tantôt fixés sur la flamme du foyer tantôt sur la mousse qui couronnait sa chope ; et chaque fois qu'il avait bu, il passait d'un air satisfait ses longs doigts maigres dans ses longs cheveux gras pendant qu'il humait sa moustache frangée d'écume.

Loiseau, sous prétexte de se dégourdir les jambes, alla placer du vin aux débitants du pays. Le comte et le manufacturier se mirent à causer politique. Ils prévoyaient l'avenir de la France. L'un croyait aux d'Orléans[7], l'autre à un sauveur inconnu, un héros qui se révélerait quand tout serait désespéré : un du Guesclin, une Jeanne d'Arc peut-être ? ou un autre Napoléon Ier ? Ah ! si le prince impérial n'était pas si jeune ? Cornudet, les écoutant, souriait en homme qui sait le mot des destinées. Sa pipe embaumait la cuisine.

Comme dix heures sonnaient, M. Follenvie parut. On l'interrogea bien vite ; mais il ne put que répéter deux ou trois fois, sans une variante, ces paroles : « L'officier m'a dit comme ça : “Monsieur Follenvie, vous défendrez qu'on attelle demain la voiture de ces voyageurs.

## Du Guesclin et Jeanne d'Arc

Guerrier valeureux, Du Guesclin se bat pour le roi de France pendant vingt-cinq ans. Il est tué en 1380 au cours de la guerre contre les Anglais.
Pendant la guerre de Cent Ans, Jeanne d'Arc délivre la France occupée par les Anglais. Après plusieurs victoires, elle tombe entre leurs mains et est brûlée sur la place de Rouen en 1431. ■

4. Petite bouteille de bière.
5. Matière blanche et nacrée.
6. Noircie par le tabac.
7. Branche cadette des Bourbons que le parti orléaniste voulait remettre sur le trône.

Je ne veux pas qu'ils partent sans mon ordre. Vous entendez. Ça suffit". »

Alors on voulut voir l'officier. Le comte lui envoya sa carte où M. Carré-Lamadon ajouta son nom et tous ses titres. Le Prussien fit répondre qu'il admettrait ces deux hommes à lui parler quand il aurait déjeuné, c'est-à-dire vers une heure.

Les dames reparurent et l'on mangea quelque peu, malgré l'inquiétude. Boule de suif semblait malade et prodigieusement troublée.

On achevait le café quand l'ordonnance vint chercher ces messieurs.

Loiseau se joignit aux deux premiers ; comme on essayait d'entraîner Cornudet pour donner plus de solennité à leur démarche, il déclara fièrement qu'il entendait n'avoir jamais aucun rapport avec les Allemands ; et il se remit dans sa cheminée, demandant une autre canette.

Les trois hommes montèrent et furent introduits dans la plus belle chambre de l'auberge où l'officier les reçut, étendu dans un fauteuil, les pieds sur la cheminée, fumant une longue pipe de porcelaine, et enveloppé par une robe de chambre flamboyante, dérobée sans doute dans la demeure abandonnée de quelque bourgeois de mauvais goût. Il ne se leva pas, ne les salua pas, ne les regarda pas. Il présentait un magnifique échantillon de la goujaterie[1] naturelle au militaire victorieux.

Au bout de quelques instants il dit enfin :

« Qu'est-ce que fous foulez ? » Le comte prit la parole : « Nous désirons partir, monsieur.

– Non.

1. Conduite grossière.

– Oserai-je vous demander la cause de ce refus ?

– Parce que che ne feux pas.

– Je vous ferai respectueusement observer, monsieur, que votre général en chef nous a délivré une permission de départ pour gagner Dieppe ; et je ne pense pas que nous ayons rien fait pour mériter vos rigueurs.

– Che ne feux pas… foilà tout… Fous poufez tescentre. »

S'étant inclinés tous les trois ils se retirèrent.

L'après-midi fut lamentable. On ne comprenait rien à ce caprice d'Allemand ; et les idées les plus singulières[2] troublaient les têtes. Tout le monde se tenait dans la cuisine, et l'on discutait sans fin, imaginant des choses invraisemblables. On voulait peut-être les garder comme otages – mais dans quel but ? – ou les emmener prisonniers ? ou, plutôt, leur demander une rançon considérable ? À cette pensée une panique les affola. Les plus riches étaient les plus épouvantés, se voyant déjà contraints, pour racheter leur vie, de verser des sacs pleins d'or entre les mains de ce soldat insolent. Ils se creusaient la cervelle pour découvrir des mensonges acceptables, dissimuler leurs richesses, se faire passer pour pauvres, très pauvres. Loiseau enleva sa chaîne de montre et la cacha dans sa poche. La nuit qui tombait augmenta les appréhensions[3]. La lampe fut allumée, et comme on avait encore deux heures avant le dîner, Mme Loiseau proposa une partie de trente-et-un[4]. Ce serait une distraction. On accepta. Cornudet lui-même, ayant éteint sa pipe par politesse, y prit part.

Le comte battit les cartes – donna – Boule de suif avait trente-et-un d'emblée ; et bientôt l'intérêt de la partie

2. Étranges.

3. Craintes.

4. Jeu de cartes où il faut faire trente et un points avec trois cartes pour gagner.

apaisa la crainte qui hantait les esprits. Mais Cornudet s'aperçut que le ménage Loiseau s'entendait pour tricher.

Comme on allait se mettre à table, M. Follenvie reparut ; et de sa voix graillonnante[1] il prononça : « L'officier prussien fait demander à Mlle Élisabeth Rousset si elle n'a pas encore changé d'avis. »

Boule de suif resta debout, toute pâle ; puis, devenant subitement cramoisie[2], elle eut un tel étouffement de colère qu'elle ne pouvait plus parler. Enfin elle éclata : « Vous lui direz à cette crapule, à ce saligaud, à cette charogne de Prussien, que jamais je ne voudrai ; vous entendez bien, jamais, jamais, jamais. »

Le gros aubergiste sortit. Alors Boule de suif fut entourée, interrogée, sollicitée par tout le monde de dévoiler le mystère de sa visite. Elle résista d'abord ; mais l'exaspération l'emporta bientôt : « Ce qu'il veut ?... ce qu'il veut ?... Il veut coucher avec moi ! » cria-t-elle. Personne ne se choqua du mot, tant l'indignation fut vive. Cornudet brisa sa chope en la reposant violemment sur la table. C'était une clameur de réprobation[3] contre ce soudard[4] ignoble, un souffle de colère, une union de tous pour la résistance, comme si l'on eût demandé à chacun une partie du sacrifice exigé d'elle. Le comte déclara avec dégoût que ces gens-là se conduisaient à la façon des anciens barbares. Les femmes surtout témoignèrent à Boule de suif une commisération[5] énergique et caressante. Les bonnes sœurs, qui ne se montraient qu'aux repas, avaient baissé la tête et ne disaient rien.

On dîna néanmoins lorsque la première fureur fut apaisée ; mais on parla peu, on songeait.

1. Rauque.
2. Très rouge.
3. Reproche.
4. Homme de guerre brutal et grossier.
5. Pitié.

Les dames se retirèrent de bonne heure ; et les hommes, tout en fumant, organisèrent un écarté[6] auquel fut convié M. Follenvie qu'on avait l'intention d'interroger habilement sur les moyens à employer pour vaincre la résistance de l'officier. Mais il ne songeait qu'à ses cartes, sans rien écouter, sans rien répondre ; et il répétait sans cesse : « Au jeu, messieurs, au jeu. » Son attention était si tendue qu'il en oubliait de cracher, ce qui lui mettait parfois des points d'orgue[7] dans la poitrine. Ses poumons sifflants donnaient toute la gamme de l'asthme, depuis les notes graves et profondes jusqu'aux enrouements aigus des jeunes coqs essayant de chanter.

Il refusa même de monter, quand sa femme, qui tombait de sommeil, vint le chercher. Alors elle partit toute seule, car elle était « du matin », toujours levée avec le soleil, tandis que son homme était « du soir », toujours prêt à passer la nuit avec des amis. Il lui cria : « Tu placeras mon lait de poule[8] devant le feu », et se remit à sa partie. Quand on vit bien qu'on n'en pourrait rien tirer on déclara qu'il était temps de s'en aller, et chacun gagna son lit.

On se leva encore d'assez bonne heure le lendemain avec un espoir indéterminé, un désir plus grand de s'en aller, une terreur du jour à passer dans cette horrible petite auberge.

Hélas ! les chevaux restaient à l'écurie, le cocher demeurait invisible. On alla, par désœuvrement, tourner autour de la voiture.

6. Jeu de cartes où chaque joueur peut, si l'adversaire est d'accord, écarter les cartes qui ne lui conviennent pas et en recevoir de nouvelles.
7. Douleurs aiguës.
8. Lait mélangé à un œuf.

Le déjeuner fut bien triste ; et il s'était produit comme un refroidissement vis-à-vis de Boule de suif, car la nuit, qui porte conseil, avait un peu modifié les jugements. On en voulait presque à cette fille, maintenant, de n'avoir pas été trouver secrètement le Prussien, afin de ménager, au réveil, une bonne surprise à ses compagnons. Quoi de plus simple ? Qui l'eût[1] su, d'ailleurs ? Elle aurait pu sauver les apparences en faisant dire à l'officier qu'elle prenait en pitié leur détresse. Pour elle ça avait si peu d'importance !

Mais personne n'avouait encore ces pensées.

Dans l'après-midi, comme on s'ennuyait à périr, le comte proposa de faire une promenade aux alentours du village. Chacun s'enveloppa avec soin et la petite société partit, à l'exception de Cornudet, qui préférait rester près du feu, et des bonnes sœurs, qui passaient leurs journées dans l'église ou chez le curé.

Le froid, plus intense de jour en jour, piquait cruellement le nez et les oreilles ; les pieds devenaient si douloureux que chaque pas était une souffrance ; et lorsque la campagne se découvrit, elle leur apparut si effroyablement lugubre sous cette blancheur illimitée que tout le monde aussitôt retourna, l'âme glacée et le cœur serré.

Les quatre femmes marchaient devant, les trois hommes suivaient, un peu derrière.

Loiseau, qui comprenait la situation, demanda tout à coup si cette « garce-là » allait les faire rester longtemps encore dans un pareil endroit. Le comte, toujours courtois, dit qu'on ne pouvait exiger d'une femme un sacrifice aussi pénible, et qu'il devait venir d'elle-même.

1. Aurait.

M. Carré-Lamadon remarqua que si les Français[2] faisaient, comme il en était question, un retour offensif par Dieppe, la rencontre ne pourrait avoir lieu qu'à Tôtes. Cette réflexion rendit les deux autres soucieux. « Si l'on se sauvait à pied », dit Loiseau. Le comte haussa les épaules : « Y songez-vous, dans cette neige ? avec nos femmes ? Et puis nous serions tout de suite poursuivis, rattrapés en dix minutes, et ramenés prisonniers à la merci des soldats. » C'était vrai ; on se tut.

Les dames parlaient toilette ; mais une certaine contrainte[3] semblait les désunir.

Tout à coup, au bout de la rue, l'officier parut. Sur la neige qui fermait l'horizon il profilait sa grande taille de guêpe en uniforme, et marchait, les genoux écartés, de ce mouvement particulier aux militaires qui s'efforcent de ne point maculer[4] leurs bottes soigneusement cirées.

Il s'inclina en passant près des dames, et regarda dédaigneusement les hommes qui eurent, du reste, la dignité de ne se point découvrir[5], bien que Loiseau ébauchât un geste pour retirer sa coiffure[6].

Boule de suif était devenue rouge jusqu'aux oreilles ; et les trois femmes mariées ressentaient une grande humiliation d'être ainsi rencontrées par ce soldat, dans la compagnie de cette fille qu'il avait si cavalièrement traitée[7].

Alors on parla de lui, de sa tournure[8], de son visage. Mme Carré-Lamadon, qui avait connu beaucoup d'officiers et qui les jugeait en connaisseur, trouvait celui-là pas mal du tout ; elle regrettait même qu'il ne fût pas Français, parce qu'il ferait un fort joli hussard[9] dont toutes les femmes assurément raffoleraient.

**2.** L'armée française.
**3.** Gêne.
**4.** Salir.
**5.** Ôter leur chapeau.
**6.** Son chapeau.
**7.** Qu'il avait traitée sans considération, de manière irrespectueuse.
**8.** De son allure.
**9.** Soldat de la cavalerie.

Une fois rentrés, on ne sut plus que faire. Des paroles aigres furent même échangées à propos de choses insignifiantes. Le dîner silencieux dura peu, et chacun monta se coucher, espérant dormir pour tuer le temps.

On descendit le lendemain avec des visages fatigués et des cœurs exaspérés. Les femmes parlaient à peine à Boule de suif.

Une cloche tinta. C'était pour un baptême. La grosse fille avait un enfant élevé chez des paysans d'Yvetot. Elle ne le voyait pas une fois l'an, et n'y songeait jamais ; mais la pensée de celui qu'on allait baptiser lui jeta au cœur une tendresse subite et violente pour le sien, et elle voulut absolument assister à la cérémonie.

Aussitôt qu'elle fut partie, tout le monde se regarda, puis on rapprocha les chaises, car on sentait bien qu'à la fin il fallait décider quelque chose. Loiseau eut une inspiration : il était d'avis de proposer à l'officier de garder Boule de suif toute seule, et de laisser partir les autres.

M. Follenvie se chargea encore de la commission, mais il redescendit presque aussitôt. L'Allemand, qui connaissait la nature humaine, l'avait mis à la porte. Il prétendait retenir tout le monde tant que son désir ne serait pas satisfait.

Alors le tempérament populacier[1] de Mme Loiseau éclata : « Nous n'allons pourtant pas mourir de vieillesse ici. Puisque c'est son métier, à cette gueuse[2], de faire ça avec tous les hommes, je trouve qu'elle n'a pas le droit de refuser l'un plutôt que l'autre. Je vous demande un peu, ça a pris tout ce qu'elle a trouvé dans Rouen, même des cochers ! oui, madame, le cocher de la préfecture ! Je

**? À votre Avis**

***Pourquoi l'officier refuse-t-il la proposition des voyageurs ?***

- ☐ Il veut leur demander une rançon.
- ☐ Il compte sur eux pour faire céder Boule de suif.
- ☐ Il veut les échanger contre des prisonniers allemands.

1. Vulgaire.
2. Personne misérable.

le sais bien, moi, il achète son vin à la maison. Et aujourd'hui qu'il s'agit de nous tirer d'embarras, elle fait la mijaurée[3], cette morveuse !... Moi, je trouve qu'il se conduit très bien, cet officier. Il est peut-être privé depuis longtemps ; et nous étions là trois qu'il aurait sans doute préférées. Mais non, il se contente de celle à tout le monde. Il respecte les femmes mariées. Songez donc, il est le maître. Il n'avait qu'à dire : "Je veux", et il pouvait nous prendre de force avec ses soldats. »

Les deux femmes eurent un petit frisson. Les yeux de la jolie Mme Carré-Lamadon brillaient, et elle était un peu pâle, comme si elle se sentait déjà prise de force par l'officier.

Les hommes, qui discutaient à l'écart, se rapprochèrent. Loiseau, furibond[4], voulait livrer « cette misérable » pieds et poings liés à l'ennemi. Mais le comte, issu de trois générations d'ambassadeurs, et doué d'un physique de diplomate, était partisan de l'habileté : « Il faudrait la décider », dit-il.

Alors on conspira.

Les femmes se serrèrent, le ton de la voix fut baissé, et la discussion devint générale, chacun donnant son avis. C'était fort convenable du reste. Ces dames surtout trouvaient des délicatesses de tournures[5], des subtilités d'expression charmantes, pour dire les choses les plus scabreuses[6]. Un étranger n'aurait rien compris tant les précautions du langage étaient observées. Mais la légère tranche de pudeur dont est bardée[7] toute femme du monde ne recouvrant que la surface, elles s'épanouissaient dans cette aventure polissonne, s'amusaient

3. Difficile.
4. Très en colère.
5. Expressions.
6. Indécentes.
7. Entourée.

follement au fond, se sentant dans leur élément, tripotant de l'amour avec la sensualité d'un cuisinier gourmand qui prépare le souper d'un autre.

La gaieté revenait d'elle-même, tant l'histoire leur semblait drôle à la fin. Le comte trouva des plaisanteries un peu risquées, mais si bien dites qu'elles faisaient sourire. À son tour Loiseau lâcha quelques grivoiseries plus raides dont on ne se blessa point ; et la pensée brutalement exprimée par sa femme dominait tous les esprits : « Puisque c'est son métier à cette fille, pourquoi refuserait-elle celui-là plus qu'un autre ? » La gentille Mme Carré-Lamadon semblait même penser qu'à sa place elle refuserait celui-là moins qu'un autre.

On prépara longuement le blocus, comme pour une forteresse investie. Chacun convint du rôle qu'il jouerait, des arguments dont il s'appuierait, des manœuvres qu'il devrait exécuter. On régla le plan des attaques, les ruses à employer, et les surprises de l'assaut, pour forcer cette citadelle vivante à recevoir l'ennemi dans la place.

Cornudet cependant restait à l'écart, complètement étranger à cette affaire.

Une attention si profonde tendait les esprits, qu'on n'entendit point rentrer Boule de suif. Mais le comte souffla un léger : « Chut » qui fit relever tous les yeux. Elle était là. On se tut brusquement et un certain embarras empêcha d'abord de lui parler. La comtesse, plus assouplie que les autres aux duplicités[1] des salons, l'interrogea : « Était-ce amusant, ce baptême ? »

La grosse fille, encore émue, raconta tout, et les figures, et les attitudes, et l'aspect même de l'église. Elle ajouta : « C'est si bon de prier quelquefois. »

1. Faussetés, hypocrisies.

Cependant, jusqu'au déjeuner, ces dames se contentèrent d'être aimables avec elle, pour augmenter sa confiance et sa docilité à leurs conseils.

Aussitôt à table, on commença les approches. Ce fut d'abord une conversation vague sur le dévouement. On cita des exemples anciens : Judith et Holopherne, puis, sans aucune raison, Lucrèce avec Sextus, Cléopâtre faisant passer par sa couche tous les généraux ennemis, et les y réduisant à des servilités d'esclave. Alors se déroula une histoire fantaisiste, éclose dans l'imagination de ces millionnaires ignorants, où les citoyennes de Rome allaient endormir à Capoue Annibal entre leurs bras, et, avec lui, ses lieutenants, et les phalanges[2] des mercenaires. On cita toutes les femmes qui ont arrêté des conquérants, fait de leur corps un champ de bataille, un moyen de dominer, une arme, qui ont vaincu par leurs caresses héroïques des êtres hideux ou détestés, et sacrifié leur chasteté à la vengeance et au dévouement.

On parla même en termes voilés de cette Anglaise de grande famille qui s'était laissé inoculer une horrible et contagieuse maladie pour la transmettre à Bonaparte sauvé miraculeusement, par une faiblesse subite, à l'heure du rendez-vous fatal.

Et tout cela était raconté d'une façon convenable et modérée, où parfois éclatait un enthousiasme voulu propre à exciter l'émulation[3].

On aurait pu croire, à la fin, que le seul rôle de la femme, ici-bas, était un perpétuel sacrifice de sa personne, un abandon continu aux caprices des soldatesques[4].

### Des femmes illustres

Pour délivrer la ville assiégée, **Judith**, dans la Bible, séduit le général ennemi Holopherne et lui tranche la tête pendant son sommeil.

Violée par Sextus, fils du roi, **Lucrèce** se suicide. Les Romains, devant cette mort injuste, se révoltent, renversent la royauté et fondent la République.

**Cléopâtre** a su garder son trône en séduisant César puis Antoine, généraux romains qui avaient envahi son royaume, l'Égypte.

Annibal, général de Carthage, avait pris ses quartiers d'hiver à Capoue, aux environs de Naples. Ce séjour fut si délicieux qu'il eut beaucoup de mal à convaincre ses soldats de reprendre la guerre contre Rome. Toutefois, rien n'indique dans la légende que des **citoyennes de Rome** se soient dévouées. ■

2. Armées.
3. La concurrence.
4. Soldats brutaux.

Les deux bonnes sœurs ne semblaient point entendre, perdues en des pensées profondes. Boule de suif ne disait rien.

Pendant toute l'après-midi on laissa réfléchir. Mais, au lieu de l'appeler « madame » comme on avait fait jusque-là, on lui disait simplement « mademoiselle », sans que personne sût bien pourquoi, comme si l'on avait voulu la faire descendre d'un degré dans l'estime qu'elle avait escaladée, lui faire sentir sa situation honteuse.

Au moment où l'on servit le potage, M. Follenvie reparut, répétant sa phrase de la veille : « L'officier prussien fait demander à Mlle Élisabeth Rousset si elle n'a point encore changé d'avis. »

Boule de suif répondit sèchement : « Non, monsieur. »

Mais au dîner la coalition[1] faiblit. Loiseau eut trois phrases malheureuses. Chacun se battait les flancs pour découvrir des exemples nouveaux et ne trouvait rien, quand la comtesse, sans préméditation peut-être, éprouvant un vague besoin de rendre hommage à la Religion, interrogea la plus âgée des bonnes sœurs sur les grands faits de la vie des saints. Or beaucoup avaient commis des actes qui seraient des crimes à nos yeux ; mais l'Église absout[2] sans peine ces forfaits[3] quand ils sont accomplis pour la gloire de Dieu, ou pour le bien du prochain. C'était un argument puissant ; la comtesse en profita. Alors, soit par une de ces ententes tacites, de ces complaisances[4] voilées, où excelle quiconque porte un habit ecclésiastique, soit simplement par l'effet d'une inintelligence heureuse, d'une secourable bêtise, la vieille religieuse apporta à la conspiration un formidable appui. On la

1. L'alliance.
2. Pardonne.
3. Fautes.
4. Bienveillances intéressées.

croyait timide, elle se montra hardie, verbeuse, violente. Celle-là n'était pas troublée par les tâtonnements de la casuistique[5] ; sa doctrine semblait une barre de fer ; sa foi n'hésitait jamais ; sa conscience n'avait point de scrupules. Elle trouvait tout simple le sacrifice d'Abraham, car elle aurait immédiatement tué père et mère sur un ordre venu d'en haut ; et rien, à son avis, ne pouvait déplaire au Seigneur quand l'intention était louable. La comtesse, mettant à profit l'autorité sacrée de sa complice inattendue, lui fit faire comme une paraphrase édifiante[6] de cet axiome[7] de morale : « La fin justifie les moyens. »

Elle l'interrogeait :

« Alors, ma sœur, vous pensez que Dieu accepte toutes les voies, et pardonne le fait quand le motif est pur ?

– Qui pourrait en douter, madame ? Une action blâmable en soi devient souvent méritoire par la pensée qui l'inspire. »

Et elles continuaient ainsi, démêlant les volontés de Dieu, prévoyant ses décisions, le faisant s'intéresser à des choses qui, vraiment, ne le regardaient guère.

Tout cela était enveloppé, habile, discret. Mais chaque parole de la sainte fille en cornette[8] faisait brèche dans la résistance indignée de la courtisane. Puis, la conversation se détournant un peu, la femme aux chapelets pendants parla des maisons de son ordre, de sa supérieure, d'elle-même, et de sa mignonne voisine la chère sœur Saint-Nicéphore. On les avait demandées au Havre pour soigner dans les hôpitaux des centaines de soldats atteints de la petite vérole. Elle les dépeignit, ces misérables, détailla leur maladie. Et tandis qu'elles étaient arrê-

### Le sacrifice d'Abraham

Dieu demanda à Abraham de sacrifier son fils. Il accepta, mais au dernier moment Dieu intervint et arrêta son bras. Il voulait mettre à l'épreuve la foi du prophète (la Bible, Ancien Testament, *Genèse*). ■

5. Morale qui s'occupe des cas de conscience.
6. Une explication exemplaire.
7. Ce proverbe.
8. Coiffe de religieuse.

tées en route par les caprices de ce Prussien, un grand nombre de Français pouvaient mourir qu'elles auraient sauvés peut-être ! C'était sa spécialité, à elle, de soigner les militaires ; elle avait été en Crimée[1], en Italie, en Autriche, et, racontant ses campagnes, elle se révéla tout à coup une de ces religieuses à tambours et à trompettes qui semblent faites pour suivre les camps, ramasser des blessés dans les remous des batailles, et, mieux qu'un chef, dompter d'un mot les grands soudards indisciplinés ; une vraie bonne sœur Ran-tan-plan dont la figure ravagée, crevée de trous sans nombre, paraissait une image des dévastations de la guerre.

Personne ne dit rien après elle, tant l'effet semblait excellent.

Aussitôt le repas terminé on remonta bien vite dans les chambres pour ne descendre, le lendemain, qu'assez tard dans la matinée.

Le déjeuner fut tranquille. On donnait à la graine semée la veille le temps de germer et de pousser ses fruits.

La comtesse proposa de faire une promenade dans l'après-midi ; alors le comte, comme il était convenu, prit le bras de Boule de suif, et demeura derrière les autres, avec elle.

Il lui parla de ce ton familier, paternel, un peu dédaigneux, que les hommes posés emploient avec les filles, l'appelant : « ma chère enfant », la traitant du haut de sa position sociale, de son honorabilité indiscutée. Il pénétra tout de suite au vif de la question :

« Donc vous préférez nous laisser ici, exposés comme vous-même à toutes les violences qui suivraient un échec

1. En 1855, la France a participé à la guerre de Crimée contre la Russie.

des troupes prussiennes, plutôt que de consentir à une de ces complaisances[2] que vous avez eues si souvent en votre vie ? »

Boule de suif ne répondit rien.

Il la prit par la douceur, par le raisonnement, par les sentiments. Il sut rester « monsieur le comte », tout en se montrant galant quand il le fallut, complimenteur, aimable enfin. Il exalta le service qu'elle leur rendrait, parla de leur reconnaissance ; puis soudain, la tutoyant gaiement : « Et tu sais, ma chère, il pourrait se vanter d'avoir goûté d'une jolie fille comme il n'en trouvera pas beaucoup dans son pays. »

Boule de suif ne répondit pas et rejoignit la société.

Aussitôt rentrée, elle monta chez elle et ne reparut plus. L'inquiétude était extrême. Qu'allait-elle faire ? Si elle résistait, quel embarras !

L'heure du dîner sonna ; on l'attendit en vain. M. Follenvie, entrant alors, annonça que Mlle Rousset se sentait indisposée, et qu'on pouvait se mettre à table. Tout le monde dressa l'oreille. Le comte s'approcha de l'aubergiste, et, tout bas : « Ça y est ? – Oui. » Par convenance[3], il ne dit rien à ses compagnons, mais il leur fit seulement un léger signe de la tête. Aussitôt un grand soupir de soulagement sortit de toutes les poitrines, une allégresse parut sur les visages. Loiseau cria : « Saperlipopette ! je paye du champagne si l'on en trouve dans l'établissement » ; et Mme Loiseau eut une angoisse lorsque le patron revint avec quatre bouteilles aux mains. Chacun était devenu subitement communicatif et bruyant ; une joie égrillarde[4] emplissait les cœurs. Le comte parut s'apercevoir que

**? À votre Avis**

***Boule de suif n'assiste pas au dîner, car…***

- ❑ elle est malade ?
- ❑ elle fait ses bagages ?
- ❑ elle cède aux avances de l'officier allemand ?

**2.** Services.
**3.** Politesse.
**4.** Polissonne.

Mme Carré-Lamadon était charmante, le manufacturier fit des compliments à la comtesse. La conversation fut vive, enjouée, pleine de traits[1].

Tout à coup, Loiseau, la face anxieuse et levant les bras, hurla : « Silence ! » Tout le monde se tut, surpris, presque effrayé déjà. Alors il tendit l'oreille en faisant « Chut » des deux mains, leva les yeux vers le plafond, écouta de nouveau, et reprit, de sa voix naturelle : « Rassurez-vous, tout va bien. »

On hésitait à comprendre, mais bientôt un sourire passa.

Au bout d'un quart d'heure il recommença la même farce, la renouvela souvent dans la soirée ; et il faisait semblant d'interpeller quelqu'un à l'étage au-dessus, en lui donnant des conseils à double sens puisés dans son esprit de commis voyageur[2]. Par moments il prenait un air triste pour soupirer : « Pauvre fille ! » ou bien il murmurait entre ses dents d'un air rageur : « Gueux de Prussien, va ! » Quelquefois, au moment où l'on n'y songeait plus, il poussait d'une voix vibrante plusieurs : « Assez ! assez ! » et ajoutait, comme se parlant à lui-même : « Pourvu que nous la revoyions ; qu'il ne l'en fasse pas mourir, le misérable ! »

Bien que ces plaisanteries fussent d'un goût déplorable, elles amusaient et ne blessaient personne, car l'indignation dépend des milieux comme le reste, et l'atmosphère qui s'était peu à peu créée autour d'eux était chargée de pensées grivoises[3].

Au dessert, les femmes elles-mêmes firent des allusions spirituelles et discrètes. Les regards luisaient ; on avait bu

1. Mots d'esprit.
2. Représentant de commerce.
3. Polissonnes.

→ Lire une image p. 26

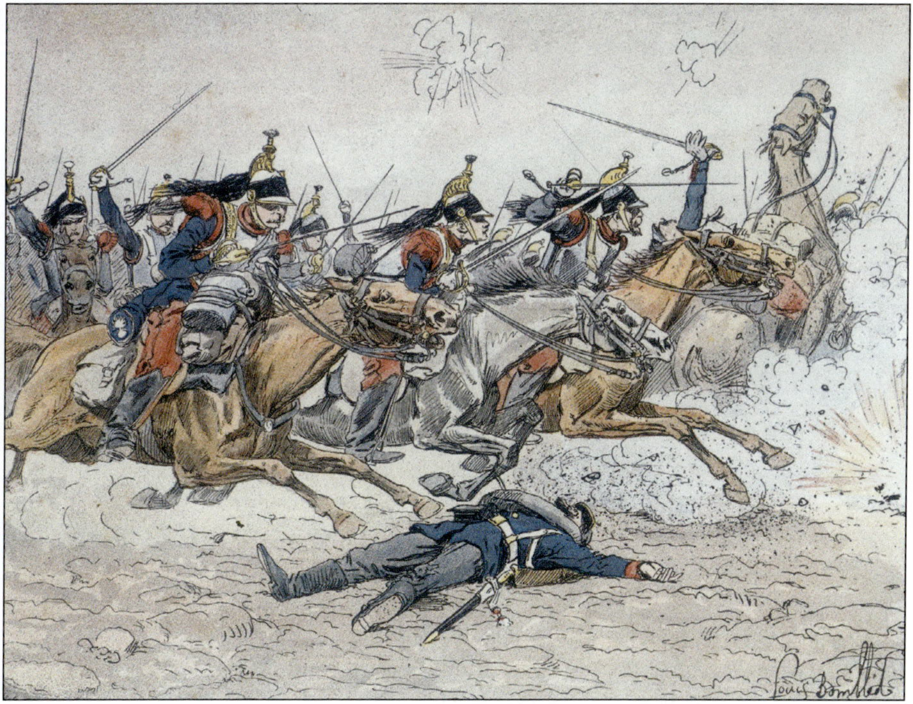

I

*Bataille de Reichshofen, 6 août 1870*
Lithographie de Louis-Charles Bombled, 1900

→ Lire une image p. 45

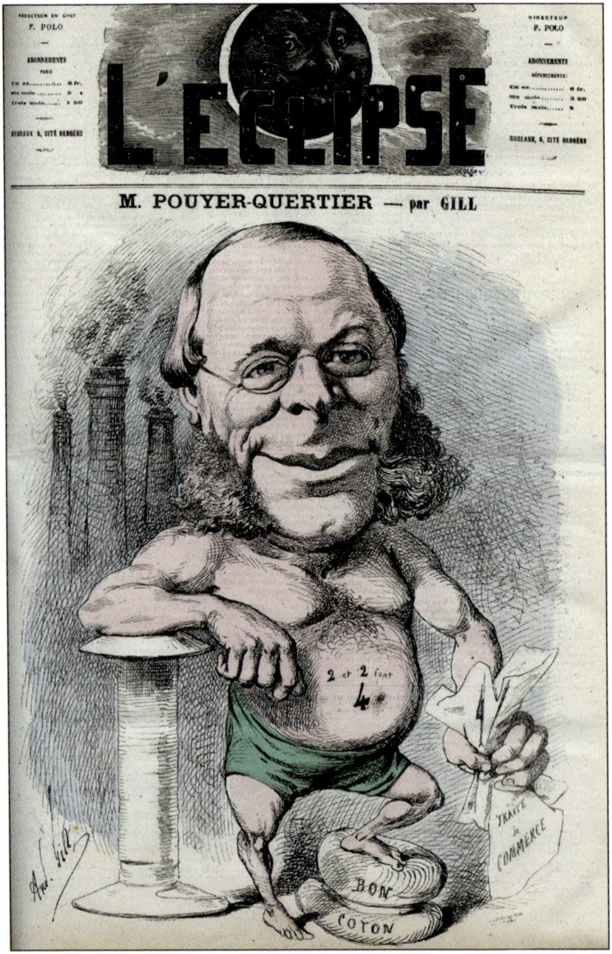


**II** *M. Pouyer-Quertier*
Portrait-charge par André Gill, *L'Éclipse* n° 22, 21 juin 1868

*Le Sacrifice d'Isaac*
Marc Chagall, 1960-1966
Huile sur toile (230 cm x 235 cm)

→ Lire une image p. 78

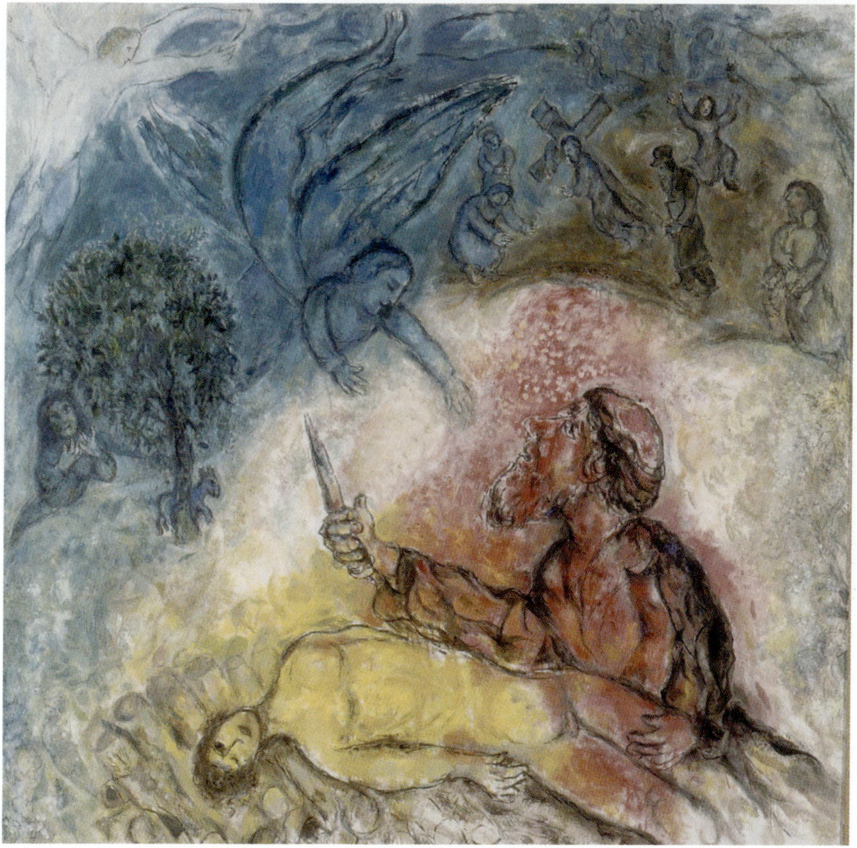

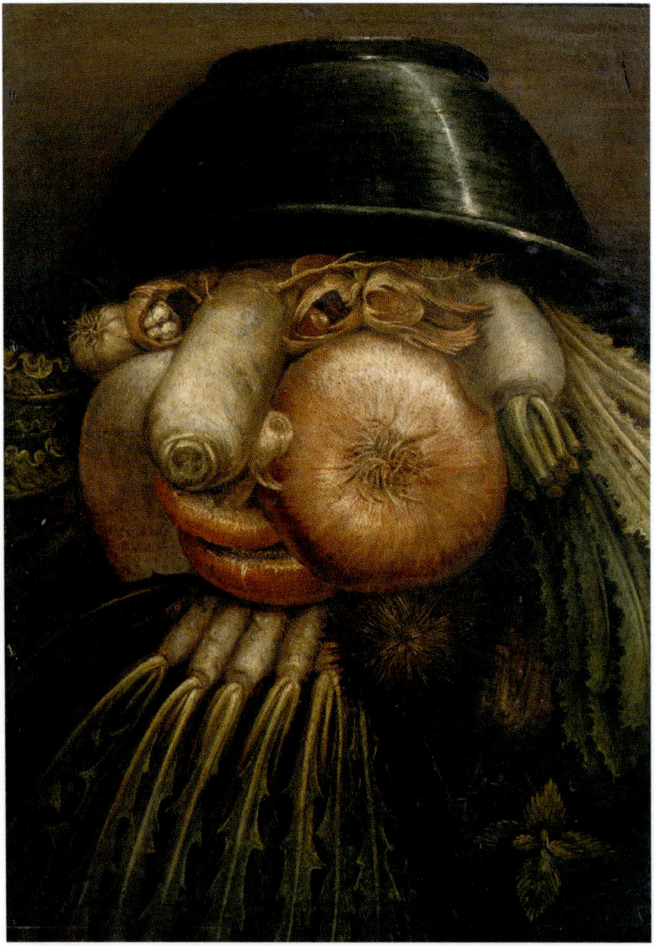

→ Lire une image p. 87

*L'Homme potager ou Plaisanterie avec légumes*
Giuseppe Arcimboldo, 1590
Peinture sur bois (35 cm × 24 cm)

IV

beaucoup. Le comte, qui conservait même en ses écarts sa grande apparence de gravité, trouva une comparaison fort goûtée[4] sur la fin des hivernages au pôle et la joie des naufragés qui voient s'ouvrir une route vers le sud.

Loiseau, lancé, se leva, un verre de champagne à la main : « Je bois à notre délivrance ! » Tout le monde fut debout ; on l'acclamait. Les deux bonnes sœurs, elles-mêmes, sollicitées par ces dames, consentirent à tremper leurs lèvres dans ce vin mousseux dont elles n'avaient jamais goûté. Elles déclarèrent que cela ressemblait à la limonade gazeuse, mais que c'était plus fin cependant.

Loiseau résuma la situation.

« C'est malheureux de ne pas avoir de piano parce qu'on pourrait pincer un quadrille[5]. »

Cornudet n'avait pas dit un mot, pas fait un geste ; il paraissait même plongé dans des pensées très graves, et tirait parfois, d'un geste furieux, sa grande barbe qu'il semblait vouloir allonger encore. Enfin, vers minuit, comme on allait se séparer, Loiseau qui titubait, lui tapa soudain sur le ventre et lui dit en bredouillant : « Vous n'êtes pas farce[6], vous, ce soir ; vous ne dites rien, citoyen ? » Mais Cornudet releva brusquement la tête, et parcourant la société d'un regard luisant et terrible : « Je vous dis à tous que vous venez de faire une infamie ! » Il se leva, gagna la porte, répéta encore une fois : « Une infamie ! » et disparut.

Cela jeta un froid d'abord. Loiseau interloqué restait bête ; mais il reprit son aplomb, puis, tout à coup, se tordit en répétant : « Ils sont trop verts mon vieux, ils sont trop verts. » Comme on ne comprenait pas, il raconta les :

4. Appréciée.
5. Danse.
6. De bonne humeur.

« mystères du corridor ». Alors il y eut une reprise de gaieté formidable. Ces dames s'amusaient comme des folles. Le comte et M. Carré-Lamadon pleuraient à force de rire. Ils ne pouvaient croire.

« Comment. Vous êtes sûr ? Il voulait…

– Je vous dis que je l'ai vu.

– Et, elle a refusé…

– Parce que le Prussien était dans la chambre à côté.

– Pas possible ?

– Je vous le jure. »

Le comte étouffait. L'industriel se comprimait le ventre à deux mains. Loiseau continuait :

« Et, vous comprenez, ce soir, il ne la trouve pas drôle, mais pas du tout. »

Et tous les trois repartaient, malades, essoufflés, toussant.

On se sépara là-dessus. Mais Mme Loiseau, qui était de la nature des orties[1], fit remarquer à son mari, au moment où ils se couchaient, que « cette chipie » de petite Carré-Lamadon avait ri jaune[2] toute la soirée : « Tu sais, les femmes, quand ça en tient pour l'uniforme, qu'il soit Français ou bien Prussien ça leur est, ma foi, bien égal. Si ce n'est pas une pitié, Seigneur Dieu ! »

Et toute la nuit, dans l'obscurité du corridor coururent comme des frémissements, des bruits légers à peine sensibles, pareils à des souffles, des effleurements de pieds nus, d'imperceptibles craquements. Et l'on ne dormit que très tard, assurément, car des filets de lumière glissèrent longtemps sous les portes. Le champagne a de ces effets-là ; il trouble, dit-on, le sommeil.

1. Sous-entendu : qui aime médire (piquer).
2. D'une manière gênée.

# pause lecture 3

questions sur la troisième partie

## À l'auberge

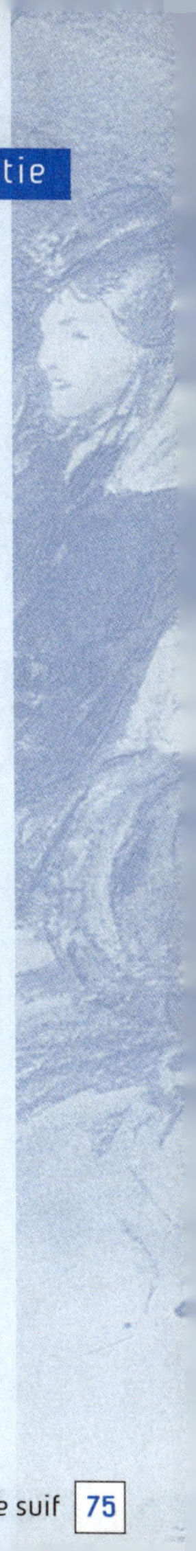

### L'arrivée à l'Hôtel du Commerce

- Qu'est-ce que l'officier allemand a découvert en lisant le document officiel qui permet aux différentes personnes de voyager ?
- Pourquoi Boule de suif est-elle exaspérée après sa première entrevue avec l'officier allemand ? VOIR ? PAGE 50

### 1 L'officier allemand

- Relevez tous les termes péjoratifs dans le portrait physique de l'officier.
- Relisez les paroles de l'officier (p. 48-49). Que remarquez-vous ?

### 2 Les voyageurs

- Dans quel ordre descendent les voyageurs ? Qualifiez leurs comportements. Pour quelle raison Cornudet et Boule de suif descendent-ils les derniers ?
- Pourquoi Boule de suif refuse-t-elle d'aller voir l'officier sans même savoir ce qu'il lui veut ? Pourquoi finit-elle par y aller ?
- Que tente Cornudet pendant la nuit ? Est-ce la première fois ? Justifiez.

### 3 Les aubergistes

- Pour quelles raisons Mme Follenvie déteste-t-elle les Prussiens ? Que leur reproche-t-elle ? Pourquoi son mari lui donne-t-il l'ordre de se taire ?

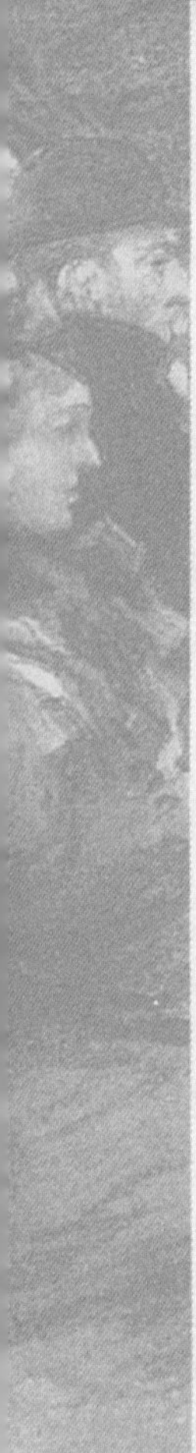

# De l'indignation à l'aigreur

- Pourquoi les voyageurs ne peuvent-ils pas repartir ?
- Comment les voyageurs occupent-ils leur temps ? Sont-ils dans le même état d'esprit au début et à la fin de la journée ? Justifiez.
- Pourquoi l'officier allemand refuse-t-il de laisser repartir les voyageurs ?

VOIR ? PAGE 64

## 1 Les voyageurs pris en otages

- Quelle est l'attitude de l'officier lorsqu'il reçoit la délégation des voyageurs ?
- Qu'imaginent les voyageurs avant de connaître la véritable raison du refus de l'officier ? Quelle hypothèse les affole le plus ? Que révèle-t-elle ?

## 2 L'attitude de Boule de suif

- « L'officier prussien… encore changé d'avis » (l. 393-394, p. 60). Que sous-entend l'adverbe « encore » ? Dans la réponse de Boule de suif, quel adverbe s'oppose à « encore » ?
- Montrez que Boule de suif est de plus en plus gênée vis-à-vis des autres voyageurs. Quel événement la rend plus sensible encore ?

## 3 Les réactions du groupe

- Pourquoi, le lendemain, les voyageurs ne parlent-ils plus à Boule de suif ? « Quoi de plus simple ? … d'importance ! » (l. 453 à 457, p. 62). Qui s'exprime ici ? Comment s'appelle cette forme de discours rapporté ?
- Comment est désignée Boule de suif p. 62 à 65 ?

## Le complot des « honnêtes gens »

- Pourquoi les voyageurs désapprouvent-ils les refus de Boule de suif ?
- Comment s'y prennent-ils pour la convaincre ?
- Pourquoi Boule de suif n'assiste-t-elle pas au dîner ? VOIR ? PAGE 71

### 1 La préparation du complot

- Quel est le raisonnement de Mme Loiseau (p. 64-65) ? Quelles contre-vérités énonce-t-elle ?
- Relevez le champ lexical de la guerre dans les préparatifs du complot. Qui est « la citadelle vivante » ? (l. 585). Comment s'appelle cette figure de style ?

### 2 À l'assaut de la « citadelle vivante »

- À quoi servent les exemples historiques évoqués pendant le déjeuner (p. 67) ? À qui s'adressent les voyageurs en apparence ? en réalité ?
- Quels arguments supplémentaires avance l'une des religieuses (p. 68-69) ? Pourquoi sont-ils susceptibles de faire céder Boule de suif ?

### 3 La victoire des « honnêtes gens »

- Sur quoi portent les plaisanteries de Loiseau ? En d'autres circonstances, comment les autres voyageurs auraient-ils accueilli cette « farce » (l. 760) ?
- Selon Mme Loiseau, Mme Carré-Lamadon a « ri jaune toute la soirée » (l. 828). Pourquoi ?
- Quelle est l'attitude de Cornudet pendant le complot ? Pourquoi réagit-il ainsi ?

## Du texte à l'image

**Observez le tableau** → voir dossier images p. III

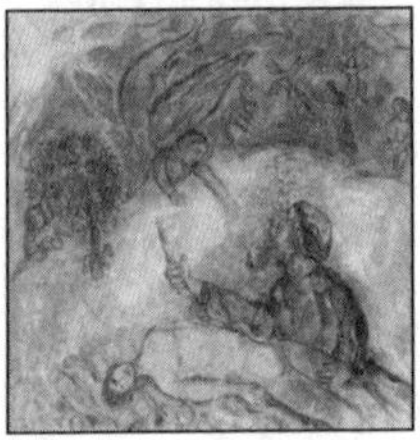

- Comment les couleurs sont-elles organisées sur la toile ? Que souligne cette répartition ?
- Relisez l'encadré de la page 69. Quel moment du sacrifice est représenté ? Qu'expriment les différents visages ?
- Dans ce tableau, qui incarne Boule de suif ? À quel(s) personnage(s) de la nouvelle Abraham fait-il penser ?

*Le Sacrifice d'Isaac*, Marc Chagall, 1960-1966.

# *À vous de jouer !*

### Écrivez un récit avec des dialogues

Boule de suif ne cède pas à la demande de l'officier. Racontez la fuite des voyageurs, dans la nuit et le froid. N'oubliez pas de ponctuer votre récit de dialogues qui refléteront les pensées de chacun.

### Rédigez un monologue intérieur

Après le dîner, Boule de suif revient dans sa chambre. Racontez ses pensées. À la fin du monologue, elle décide de céder à l'officier. Expliquez pourquoi.

▼ 5

## 4e partie

**Le lendemain, un clair soleil d'hiver** rendait la neige éblouissante. La diligence, attelée enfin, attendait devant la porte, tandis qu'une armée de pigeons blancs, rengorgés dans leurs plumes épaisses, avec un œil rose, taché, au milieu, d'un point noir, se promenaient gravement entre les jambes des six chevaux, et cherchaient leur vie dans le crottin fumant qu'ils éparpillaient.

Le cocher, enveloppé dans sa peau de mouton, grillait une pipe sur le siège, et tous les voyageurs radieux faisaient rapidement empaqueter des provisions pour le reste du voyage.

On n'attendait plus que Boule de suif. Elle parut.

Elle semblait un peu troublée, honteuse ; et elle s'avança timidement vers ses compagnons, qui, tous, d'un même mouvement, se détournèrent comme s'ils ne l'avaient pas aperçue. Le comte prit avec dignité le bras de sa femme et l'éloigna de ce contact impur.

La grosse fille s'arrêta, stupéfaite ; alors, ramassant tout son courage, elle aborda la femme du manufacturier d'un « bonjour, madame » humblement murmuré. L'autre fit de la tête seule un petit salut impertinent[1] qu'elle accompagna d'un regard de vertu outragée[2]. Tout le monde semblait affairé[3], et l'on se tenait loin d'elle comme si elle eût[4] apporté une infection dans ses jupes. Puis on se précipita vers la voiture, où elle arriva seule, la dernière, et reprit en silence la place qu'elle avait occupée pendant la première partie de la route.

**1.** Insolent.
**2.** Offensée.
**3.** Occupé.
**4.** Avait.

On semblait ne pas la voir, ne pas la connaître ; mais Mme Loiseau, la considérant de loin avec indignation, dit à mi-voix à son mari : « Heureusement que je ne suis pas à côté d'elle. »

La lourde voiture s'ébranla, et le voyage recommença.

On ne parla point d'abord. Boule de suif n'osait pas lever les yeux. Elle se sentait en même temps indignée contre tous ses voisins, et humiliée d'avoir cédé, souillée par les baisers de ce Prussien entre les bras duquel on l'avait hypocritement jetée.

Mais la comtesse, se tournant vers Mme Carré-Lamadon, rompit bientôt ce pénible silence.

« Vous connaissez, je crois, Mme d'Etrelles ?

– Oui, c'est une de mes amies.

– Quelle charmante femme !

– Ravissante ! Une vraie nature d'élite[1], fort instruite d'ailleurs, et artiste jusqu'au bout des doigts ; elle chante à ravir et dessine dans la perfection. »

Le manufacturier causait avec le comte, et au milieu du fracas des vitres un mot parfois jaillissait : « Coupon – échéance – prime – à terme[2]. »

Loiseau, qui avait chipé[3] le vieux jeu de cartes de l'auberge engraissé par cinq ans de frottement sur les tables mal essuyées, attaqua un bésigue[4] avec sa femme.

Les bonnes sœurs prirent à leur ceinture le long rosaire qui pendait, firent ensemble le signe de la croix, et tout à coup leurs lèvres se mirent à remuer vivement, se hâtant de plus en plus, précipitant leur vague murmure comme pour une course d'*oremus*[5], et de temps en temps elles

**? À votre Avis**

***Vis-à-vis de Boule de suif, les voyageurs éprouvent...***

- ☐ de la honte ?
- ☐ de la tristesse ?
- ☐ du mépris ?

1. Distinguée.
2. Mots qui désignent des opérations financières.
3. Volé.
4. Jeu de cartes.
5. De prières.

baisaient une médaille, se signaient de nouveau, puis recommençaient leur marmottement rapide et continu.

Cornudet songeait, immobile.

Au bout de trois heures de route, Loiseau ramassa ses cartes : « Il fait faim », dit-il.

Alors sa femme atteignit un paquet ficelé d'où elle fit sortir un morceau de veau froid. Elle le découpa proprement par tranches minces et fermes, et tous deux se mirent à manger.

« Si nous en faisions autant », dit la comtesse. On y consentit et elle déballa les provisions préparées pour les deux ménages. C'était, dans un de ces vases allongés dont le couvercle porte un lièvre en faïence, pour indiquer qu'un lièvre en pâté gît[6] au-dessous, une charcuterie succulente, où de blanches rivières de lard traversaient la chair brune du gibier mêlée à d'autres viandes hachées fin. Un beau carré de gruyère, apporté dans un journal, gardait imprimé : « faits divers » sur sa pâte onctueuse.

Les deux bonnes sœurs développèrent un rond de saucisson qui sentait l'ail ; et Cornudet, plongeant les deux mains en même temps dans les vastes poches de son paletot sac[7], tira de l'une quatre œufs durs et de l'autre le croûton d'un pain. Il détacha la coque, la jeta sous ses pieds dans la paille et se mit à mordre à même les œufs, faisant tomber sur sa vaste barbe des parcelles de jaune clair qui semblaient, là-dedans, des étoiles.

Boule de suif, dans la hâte et l'effarement de son lever, n'avait pu songer à rien ; et elle regardait exaspérée, suffoquant de rage, tous ces gens qui mangeaient

**? À votre Avis**

***Pourquoi Boule de suif est-elle partie sans provisions ?***

- ☐ Elle n'a plus d'argent.
- ☐ Elle n'a pas faim.
- ☐ Elle est partie très vite.

**6.** Repose.

**7.** Manteau court.

placidement[1]. Une colère tumultueuse la crispa d'abord, et elle ouvrit la bouche pour leur crier leur fait avec un flot d'injures qui lui montait aux lèvres ; mais elle ne pouvait pas parler tant l'exaspération l'étranglait.

Personne ne la regardait, ne songeait à elle. Elle se sentait noyée dans le mépris de ces gredins[2] honnêtes qui l'avaient sacrifiée d'abord, rejetée ensuite, comme une chose malpropre et inutile. Alors elle songea à son grand panier tout plein de bonnes choses qu'ils avaient goulûment[3] dévorées, à ses deux poulets luisants de gelée, à ses pâtés, à ses poires, à ses quatre bouteilles de bordeaux ; et sa fureur tombant soudain comme une corde trop tendue qui casse, elle se sentit prête à pleurer. Elle fit des efforts terribles, se raidit, avala ses sanglots comme les enfants, mais les pleurs montaient, luisaient au bord de ses paupières, et bientôt deux grosses larmes se détachant des yeux roulèrent lentement sur ses joues. D'autres les suivirent plus rapides, coulant comme les gouttes d'eau qui filtrent d'une roche, et tombant régulièrement sur la courbe rebondie de sa poitrine. Elle restait droite, le regard fixe, la face rigide et pâle, espérant qu'on ne la verrait pas.

Mais la comtesse s'en aperçut et prévint son mari d'un signe. Il haussa les épaules comme pour dire : « Que voulez-vous ? ce n'est pas ma faute. » Mme Loiseau eut un rire muet de triomphe et murmura : « Elle pleure sa honte. »

Les deux bonnes sœurs s'étaient remises à prier, après avoir roulé dans un papier le reste de leur saucisson.

**? À votre Avis**

***Selon Mme Loiseau, Boule de suif pleure car elle a honte…***

- ❑ des autres voyageurs ?
- ❑ d'elle-même ?
- ❑ de l'officier prussien ?

1. Tranquillement.
2. Personnes malhonnêtes.
3. Voracement.

Alors Cornudet, qui digérait ses œufs, étendit ses longues jambes sous la banquette d'en face, se renversa, croisa ses bras, sourit comme un homme qui vient de trouver une bonne farce, et se mit à siffloter *La Marseillaise*.

Toutes les figures se rembrunirent[4]. Le chant populaire, assurément, ne plaisait point à ses voisins. Ils devinrent nerveux, agacés, et avaient l'air prêts à hurler comme des chiens qui entendent un orgue de barbarie[5].

Il s'en aperçut, ne s'arrêta plus. Parfois même il fredonnait les paroles :

*Amour sacré de la patrie,*
*Conduis, soutiens, nos bras vengeurs,*
*Liberté, liberté, chérie,*
*Combats avec tes défenseurs !*

On fuyait plus vite, la neige étant plus dure ; et jusqu'à Dieppe, pendant les longues heures mornes du voyage, à travers les cahots[6] du chemin, par la nuit tombante, puis dans l'obscurité profonde de la voiture, il continua, avec une obstination féroce, son sifflement vengeur et monotone, contraignant[7] les esprits las et exaspérés à suivre le chant d'un bout à l'autre, à se rappeler chaque parole qu'ils appliquaient sur chaque mesure.

Et Boule de suif pleurait toujours ; et parfois un sanglot qu'elle n'avait pu retenir passait, entre deux couplets, dans les ténèbres.

## La Marseillaise

Chant de guerre révolutionnaire composé en 1792 par Rouget de Lisle, d'abord intitulé « Chant de guerre pour l'armée du Rhin ». Lors de l'insurrection des Tuileries en 1792, les fédérés de Marseille le reprennent, d'où son nom. Il est interdit sous l'Empire et la Restauration, et revient à l'honneur après 1830. Il est déclaré hymne national en 1879. ■

**4.** Prirent un air sombre.
**5.** Instrument de musique.
**6.** Secousses.
**7.** Obligeant.

# pause lecture 4

questions sur la quatrième partie

## La fin du voyage

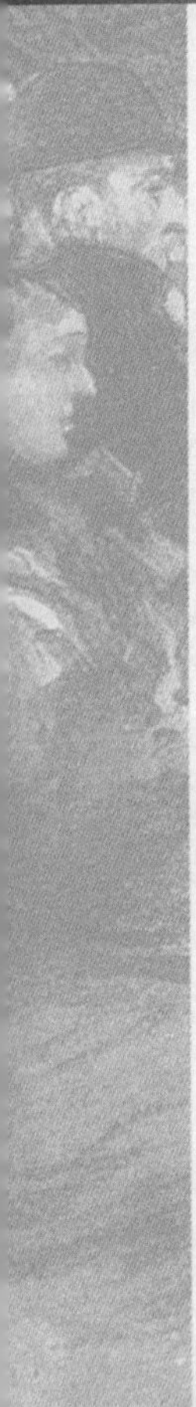

### Le départ de la diligence

- Pourquoi les voyageurs peuvent-ils repartir ?
- Quels sentiments éprouvent-ils à l'égard de Boule de suif ? VOIR ? PAGE 80
- Ce sentiment vous paraît-il juste ?

#### 1 Un départ attendu

- Pourquoi tous les voyageurs sont-ils « radieux » (l. 10) ? À quoi s'applique ce terme, en général ?
- Quel temps fait-il le lendemain ? Peut-on attribuer une valeur symbolique à ce détail atmosphérique ?
- Pourquoi Boule de suif apparaît-elle la dernière ?

#### 2 La réaction du groupe

- Comment réagit le comte à la vue de Boule de suif ? Que lui avait-il pourtant promis lors de leur dernière conversation (p. 71) ?
- Relevez les termes et les expressions qui assimilent Boule de suif à une maladie contagieuse.
- Son surnom prend alors une autre dimension : laquelle ?

## Dans la diligence

- Que font les différents voyageurs pendant les trois premières heures du voyage ?
- Pourquoi Boule de suif n'a-t-elle pas pris de provisions ? VOIR ? PAGE 81
- Qui mange ? et quoi ?

### 1 L'attitude de Boule de suif

- Relevez les mots qui évoquent le comportement de Boule de suif au départ de la diligence.
- Quels sentiments éprouve-t-elle ensuite ? Ces sentiments vous semblent-ils justifiés ? Pourquoi ?
- Pourquoi Boule de suif cache-t-elle ses larmes ?

### 2 Le repas dans la diligence

- Comparez ce repas avec le premier repas dans la diligence. Quelles sont les ressemblances et les différences ?
- Pourquoi les voyageurs ne proposent-ils pas à Boule de suif de partager leur repas ? Pourquoi ne leur demande-t-elle pas à manger ?

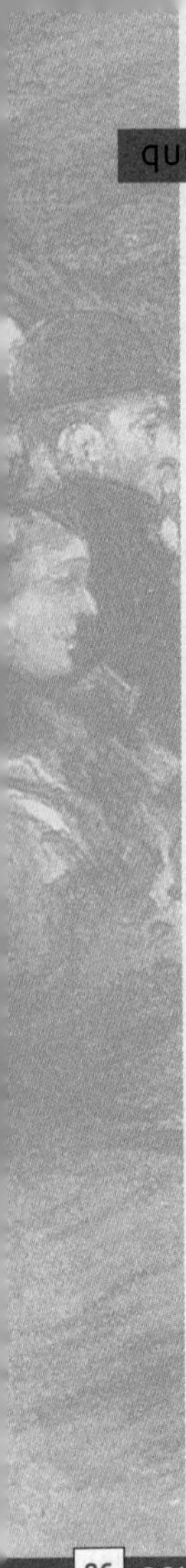

## La chute de la nouvelle

- Selon Mme Loiseau, pourquoi Boule de suif pleure-t-elle ? Quelle est la vraie raison de ses larmes ? VOIR ? PAGE 82
- Que fait Cornudet pendant toute la fin du voyage ?
- Quel est le dernier mot de la nouvelle ?

### 1 Le personnage de Cornudet

- Que veut dire Cornudet aux autres voyageurs en sifflant *La Marseillaise* ?
- A-t-il partagé son repas avec Boule de suif ? Pourquoi ?
- Est-il réellement l'allié de Boule de suif ? Quelle image le narrateur donne-t-il des républicains ?

### 2 Des « gredins honnêtes » (l. 93)

- Faites une remarque sur l'association « gredins honnêtes » ? Comment s'appelle cette figure de style ? Qui le narrateur désigne-t-il ainsi ?
- Quelle vision de la bourgeoisie se dégage de la lecture de la nouvelle ? L'un des personnages ressort-il grandi de cette aventure ?

### 3 Une vision pessimiste de l'homme

- Résumez en une phrase la morale de cette nouvelle.
- Quel est le champ lexical dominant des deux derniers paragraphes ? Quelle est la tonalité des dernières lignes ?

## Du texte à l'image

**Observez le tableau** → voir dossier images p. IV

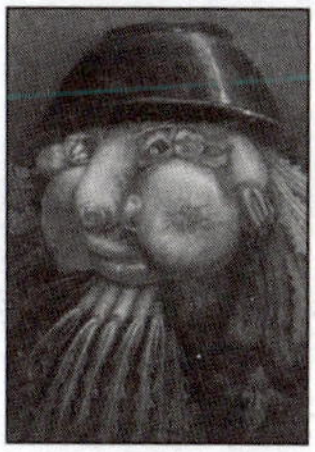

- Que représente ce tableau ?
- Comment s'appelle ce type de peinture ?
- Quels passages de la nouvelle donnent lieu à des descriptions de victuailles ?
- Retournez le tableau. Que voyez-vous ?
- Une réalité peut en cacher une autre. En quoi la nouvelle fait-elle écho à cette réflexion ?

*L'Homme potager*, Giuseppe Arcimboldo, 1590.

# À vous de jouer !

### Inventez une suite

Boule de suif se venge de l'humiliation qu'elle a subie. Écrivez une suite à cette nouvelle.

### Jouez une scène

Reconstituez avec le nombre d'acteurs nécessaire la scène finale. Cependant, dans votre jeu théâtral, Boule de suif, au lieu de garder le silence comme elle le fait dans la nouvelle, exprimera sa colère envers les autres voyageurs.

# vers le brevet

**Au brevet,**
l'épreuve de français
est sur 50 points.
Première partie :
Questions : 20 points
Seconde partie :
Réécriture : 5 points
Dictée : 5 points
Rédaction : 20 points

questions sur les lignes **221 à 257, p. 34-35**

## *Questions* (20 points)

### I. Le panier de Boule de suif (7 points)

**1** **a.** De la ligne 221 à 224, relevez les différentes propositions et indiquez leur nature. (1 point)
**b.** Quelle remarque pouvez-vous faire sur la place de la proposition principale ? (1 point)

**2** De « Elle en sortit » jusqu'à « sous leur gelée » (l. 225 à 228), relevez les groupes nominaux COD du verbe « sortit ».
Pour chacun d'eux, trouvez le nom noyau et donnez la fonction des expansions de ce nom. (2 points)

**3** « Quatre goulots de bouteilles passaient entre les paquets de nourriture » (l. 232-233).
**a.** Quel est le temps verbal utilisé ? (0,5 point)
**b.** Justifiez son emploi. (0,5 point)

**4** Que révèlent ces provisions sur le caractère de Boule de suif ? (2 points)

### II. La faim des autres voyageurs (7 points)

**5** « et l'on apercevait encore dans le panier d'autres bonnes choses enveloppées » (l. 228-229).
**a.** Donnez la nature et la fonction de « on ». (1 point)
**b.** À qui ce pronom renvoie-t-il ? (1 point)

**6** **a.** Dans le troisième paragraphe, relevez les termes qui désignent les voyageurs. (1 point)
**b.** Que révèlent-ils ? (1 point)

**7** « Le mépris des dames pour cette fille devenait féroce, comme une envie de la tuer, ou de la jeter en bas de la voiture » (l. 239 à 241).
**a.** Comment interprétez-vous la reprise nominale « cette fille » pour qualifier Boule de suif ? (1 point)
**b.** Rétablissez le lien logique entre les deux parties de la phrase. Quelle est la fonction de la proposition subordonnée ainsi obtenue ? (2 points)

## III. L'intervention de Loiseau (6 points)

**8** « Elle leva la tête vers lui : "Si vous en désirez, monsieur ?" » (l. 246-247).
Transposez cette phrase au discours indirect en commençant par : « Elle leva la tête vers lui et lui demanda… » (1 point)

**9** **a.** Quel temps domine des lignes 252 à 257 ? (1 point)
**b.** Justifiez son emploi. (1 point)

**10** « puis la mâcha avec une satisfaction si évidente qu'il y eut dans la voiture un grand soupir de détresse » (l. 256-257).
**a.** Donnez un synonyme de « détresse ». (0,5 point)
**b.** En vous appuyant sur votre lecture de la nouvelle, expliquez le sentiment ressenti par les voyageurs. (1,5 point)
**c.** Pourquoi Loiseau ne ressent-il pas la même détresse ? (1 point)

## Réécriture (5 points)

Réécrivez le passage des lignes 243 à 257, en faisant de Loiseau le narrateur, et en conservant le récit au passé. Vous commencerez par : « Mais je… ».

## Travail d'écriture (20 points)

Une fois rendue au Havre, Boule de suif raconte à une amie la scène du repas. Elle dresse en particulier le portrait des voyageurs qui l'observent pendant qu'elle mange.

Vous vous appuierez sur ce que vous avez appris des personnages par la lecture de la nouvelle.

# après la lecture

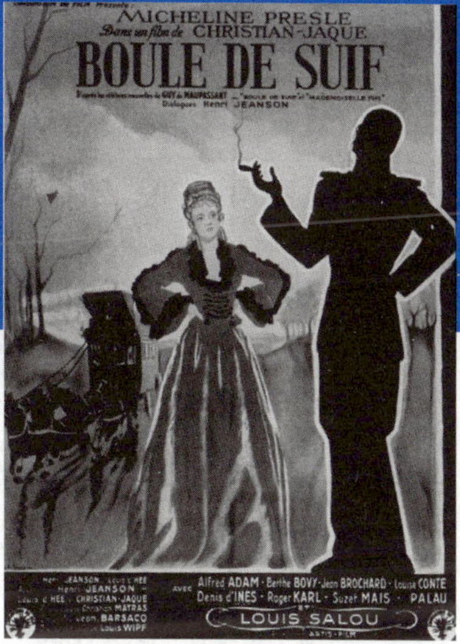


## *Boule de suif*

- Une nouvelle réaliste
- De la nouvelle aux films

# Une nouvelle réaliste

## Le réalisme

Les écrivains réalistes évoquent dans leurs œuvres l'époque dans laquelle ils vivent. **Balzac**, avec les quatre-vingt-quinze romans de la *Comédie humaine*, **Stendhal**, ou encore **Flaubert** avec *Madame Bovary* (1857), font évoluer leurs personnages dans les milieux sociaux du XIX[e] siècle.

## ■ Les petits faits vrais

*La psychologie des personnages est aussi importante que leurs actions.*

Les auteurs réalistes s'attachent à raconter des petits faits vrais et leurs conséquences sur les personnages. La **psychologie des personnages** est aussi importante que leurs actions. Ils mettent en scène des **personnages ordinaires** qui deviennent les héros d'un jour et leurs aventures ont valeur d'exemple ou de contre-exemple pour les lecteurs.

## ■ La guerre de 1870

Maupassant se sert de son métier de **journaliste** pour trouver la matière de ses nouvelles réalistes. La guerre de 1870 lui fournit un cadre idéal pour écrire des récits brefs, car les conflits militaires rendent plus cruelles les relations entre les individus et entre les couches sociales.

Les œuvres réalistes de Maupassant portent la trace de son expérience douloureuse de la défaite française face aux armées allemandes. Les nouvelles réalistes ont presque toujours une **visée argumentative.**

La pensée du narrateur s'exprime parfois directement, dans un paragraphe détaché de l'action elle-même. Le plus souvent, c'est dans le traitement même des personnages, dans la nature de leurs actes que se laisse deviner l'intention du narrateur.

Dans *Boule de suif*, Maupassant se livre à une **dénonciation des bassesses de la bourgeoisie** qui affiche pourtant son honnêteté et sa moralité.

## La nouvelle

En vogue dès le Moyen Âge, la nouvelle ou récit bref connaît un essor considérable au XIX[e] siècle. Publiées d'abord dans la presse, les nouvelles « fantastiques » ou « réalistes » ont un nombre toujours croissant de lecteurs, grâce au développement des journaux. Elles sont ensuite réunies dans des recueils qui connaissent eux aussi un grand succès.

### ■ L'action

L'**intrigue** d'une nouvelle est **simple**. La brièveté du texte implique une **action resserrée** et dense où les péripéties s'enchaînent rapidement. L'action d'une nouvelle s'étale sur une **durée limitée**, comme le temps d'un voyage dans *Boule de suif*. Elle se déroule souvent dans un **espace géographique restreint**, ici la diligence et l'auberge.

### ■ Les personnages

Cette concentration des actions implique que la psychologie des personnages ne soit pas vraiment approfondie. Dans *Boule de suif*, ce sont des types sociaux qui s'affrontent : le marchand bourgeois et ventru, le républicain à la longue barbe rousse, la prostituée digne et courageuse, l'aubergiste buté, le comte distingué. Un détail physique est souvent l'emblème de leur condition ou de leur caractère. Ainsi, l'embonpoint de Boule de suif est le symbole de sa générosité.

*Dans « Boule de suif », ce sont des types sociaux qui s'affrontent.*

### ■ La chute

La chute de la nouvelle doit créer un effet particulier sur le lecteur, de surprise ou de perplexité. L'atmosphère qui règne dans la diligence à la fin du voyage est à l'image du désenchantement du narrateur devant ce microcosme social dont il dénonce la cruauté. ■

# De la nouvelle aux films

## Du théâtre au cinéma

L'atmosphère théâtrale de *Boule de suif*, le contexte de guerre dans lequel s'inscrit l'intrigue ont inspiré des auteurs et des réalisateurs. Dès 1902, Oscar Ménétier monte la nouvelle au théâtre, comme un « drame en trois actes ». Mais ce sont les cinéastes qui l'adapteront le plus volontiers, en changeant les lieux et l'époque.

*L'intrigue a inspiré des auteurs et des réalisateurs.*

## *Boule de suif* en Chine et dans un train

■ ***Shanghai Express*, Josef von Sternberg, 1932.**

En pleine guerre civile chinoise, à bord du Shanghai Express, voyagent Hue Fei, une énigmatique Chinoise, le capitaine anglais Harvey et son ancienne amante Lili, incarnée par Marlène Dietrich. Le train est pris d'assaut par des rebelles, menés par Chang, qui ne laissera la vie sauve aux voyageurs que si Lili se donne à lui…

## *Boule de suif* au temps des samouraïs

■ ***O'yuki la vierge*, Kenji Mizoguchi, 1935.**

En 1877, l'empereur Meiji envoie l'armée à Kagoshima pour réprimer une rébellion menée par Takamori Saigo, un ancien samouraï. Des habitants décident de fuir la ville, à la veille du combat, dans une voiture à cheval. Parmi eux se trouvent deux prostituées, O'yuki et Okin. Lors d'un contrôle, un policier, Asakura, demande à Okin de monter dans sa chambre. Pour la protéger, O'yuki prend sa place.

## *Boule de suif* en western

■ ***Stagecoach. La Chevauchée fantastique*, John Ford, 1939.**

Dans une diligence voyagent Dallas, une prostituée, des femmes vertueuses, un médecin, un négociant en whisky, un joueur, un banquier et Ringo, soupçonné de meurtre. Les Indiens attaquent. Ringo fait preuve d'héroïsme, mais il est poursuivi par un shérif impitoyable…

## *Boule de suif* sous l'Occupation

■ ***Boule de suif*, Christian-Jaque, 1945.**

Dans son adaptation, Christian-Jaque mêle deux nouvelles de Maupassant, *Boule de suif* et *Mademoiselle Fifi*. La guerre de 1870 devient la Seconde Guerre mondiale et Cornudet, un résistant. Le film est sorti sur les écrans parisiens le 3 octobre 1945, au lendemain de la Libération. ■

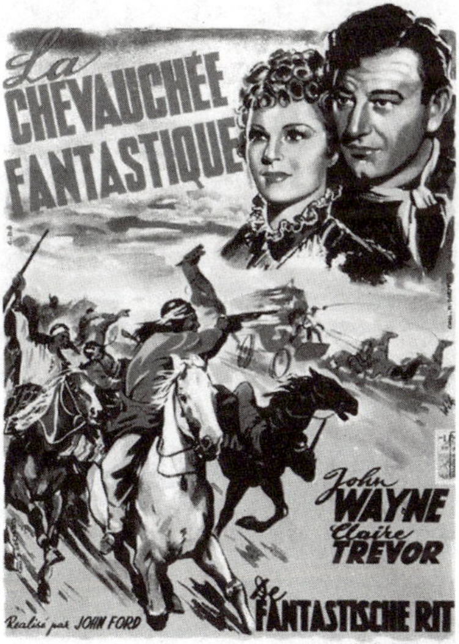

# autres lectures

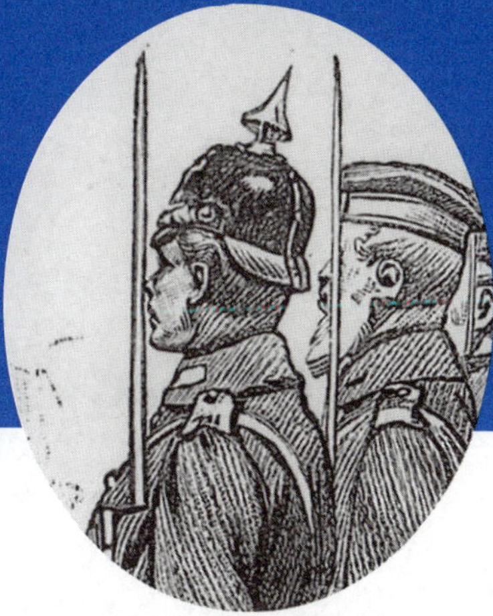

Guy de Maupassant

## Un duel

1883

texte intégral

## La Mère Sauvage

1884

texte intégral

*Découvrez deux autres nouvelles qui se déroulent pendant la guerre de 1870.*

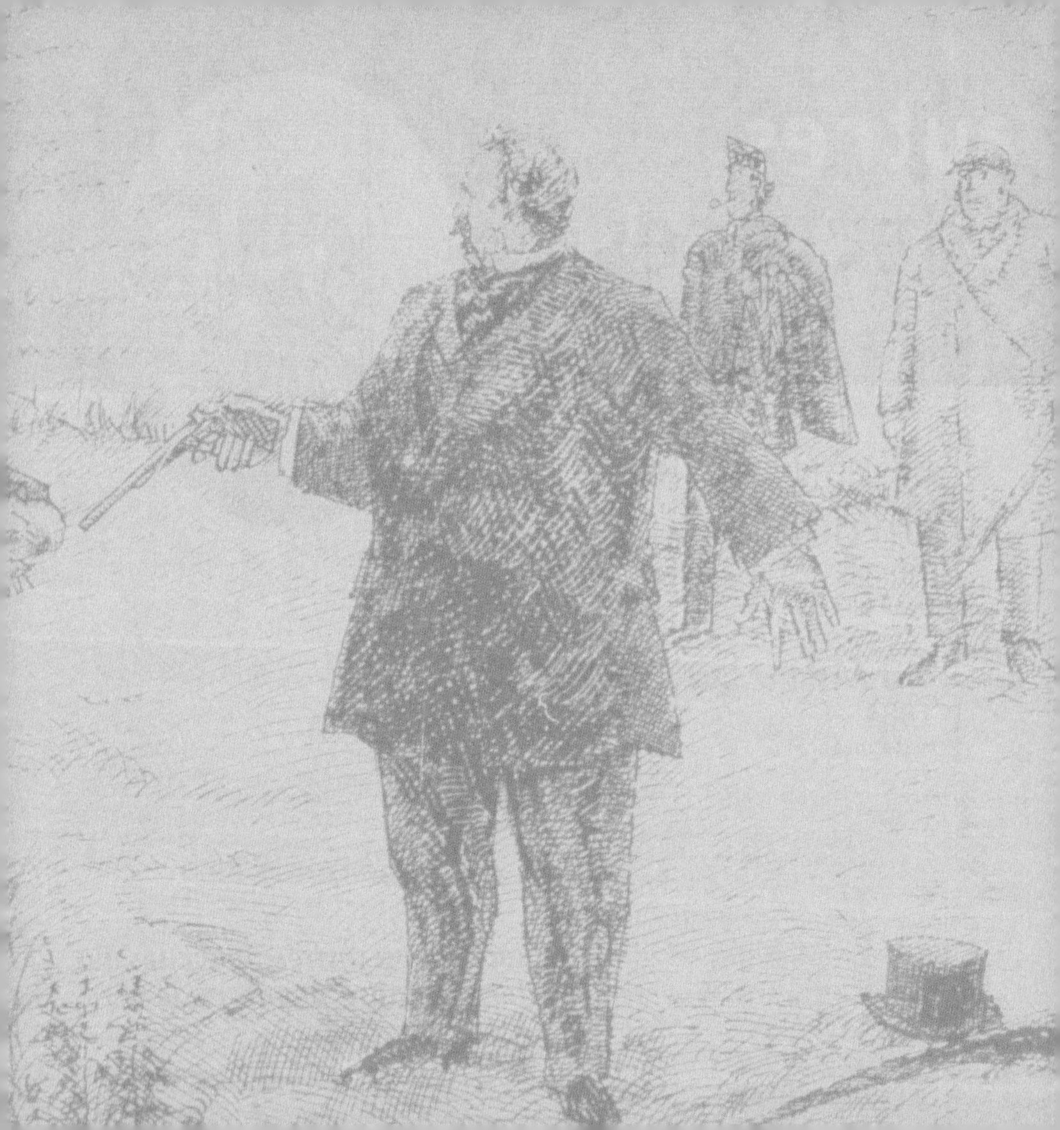

# Un duel

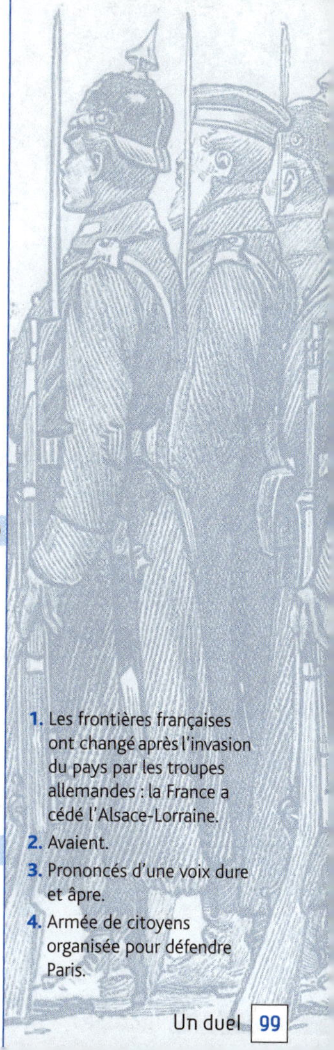

**La guerre était finie ;** les Allemands occupaient la France ; le pays palpitait comme un lutteur vaincu tombé sous le genou du vainqueur.

De Paris affolé, affamé, désespéré, les premiers trains sortaient, allant aux frontières nouvelles[1], traversant avec lenteur les campagnes et les villages. Les premiers voyageurs regardaient par les portières les plaines ruinées et les hameaux incendiés. Devant les portes des maisons restées debout, des soldats prussiens, coiffés du casque noir à la pointe de cuivre, fumaient leur pipe, à cheval sur des chaises. D'autres travaillaient ou causaient comme s'ils eussent[2] fait partie des familles. Quand on passait les villes, on voyait des régiments entiers manœuvrant sur les places, et, malgré le bruit des roues, les commandements rauques[3] arrivaient par instants.

M. Dubuis, qui avait fait partie de la garde nationale[4] de Paris pendant toute la durée du siège, allait rejoindre en Suisse sa femme et sa fille, envoyées par prudence à l'étranger, avant l'invasion.

La famine et les fatigues n'avaient point diminué son gros ventre de marchand riche et pacifique. Il avait subi les événements terribles avec une résignation désolée et des phrases amères sur la sauvagerie des hommes. Maintenant qu'il gagnait la frontière, la guerre finie, il voyait pour la

1. Les frontières françaises ont changé après l'invasion du pays par les troupes allemandes : la France a cédé l'Alsace-Lorraine.
2. Avaient.
3. Prononcés d'une voix dure et âpre.
4. Armée de citoyens organisée pour défendre Paris.

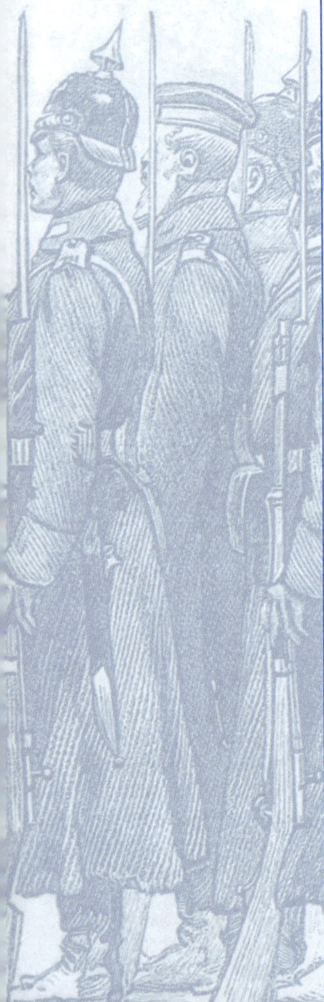

première fois des Prussiens, bien qu'il eût fait son devoir sur les remparts et monté bien des gardes par les nuits froides.

Il regardait avec une terreur irritée ces hommes armés et barbus installés comme chez eux sur la terre de France, et il se sentait à l'âme une sorte de fièvre de patriotisme impuissant en même temps que ce grand besoin, que cet instinct nouveau de prudence qui ne nous a plus quittés. Dans son compartiment, deux Anglais, venus pour voir, regardaient de leurs yeux tranquilles et curieux. Ils étaient gros aussi tous deux et causaient en leur langue, parcourant parfois leur guide, qu'ils lisaient à haute voix en cherchant à bien reconnaître les lieux indiqués.

Tout à coup, le train s'étant arrêté à la gare d'une petite ville, un officier prussien monta avec son grand bruit de sabre sur le double marchepied du wagon. Il était grand, serré dans son uniforme et barbu jusqu'aux yeux. Son poil roux semblait flamber, et ses longues moustaches, plus pâles, s'élançaient des deux côtés du visage qu'elles coupaient en travers. Les Anglais aussitôt se mirent à le contempler avec des sourires de curiosité satisfaite, tandis que M. Dubuis faisait semblant de lire un journal. Il se tenait blotti dans son coin, comme un voleur en face d'un gendarme.

Le train se remit en marche. Les Anglais continuaient à causer, à chercher les lieux précis des batailles ; et soudain, comme l'un d'eux tendait le bras vers l'horizon en indiquant un village, l'officier prussien prononça en français, en étendant ses longues jambes et se renversant sur le dos :

« Ché tué touze Français tans ce fillage. Ché bris plus te cent brisonniers. »

Les Anglais, tout à fait intéressés, demandèrent aussitôt :

« Aoh ! comment s'appelé, cette village ? »

Le Prussien répondit :

« Pharsbourg. »

Il reprit :

« Ché bris ces bolissons de Français bar les oreilles. »

Et il regardait M. Dubuis en riant orgueilleusement dans son poil[1].

Le train roulait, traversant toujours des hameaux occupés. On voyait les soldats allemands le long des routes, au bord des champs, debout au coin des barrières, ou causant devant les cafés. Ils couvraient la terre comme les sauterelles d'Afrique.

L'officier tendit la main :

« Si ch'afrais le gommandement, ch'aurais bris Paris, et brûlé tout, et tué tout le monde. Blus de France ! »

Les Anglais par politesse répondirent simplement :

« Aoh yes. »

Il continua :

« Tans vingt ans, toute l'Europe, toute, abartiendra à nous. La Brusse blus forte que tous. »

Les Anglais inquiets ne répondaient plus. Leurs faces, devenues impassibles[2], semblaient de cire entre leurs longs favoris[3]. Alors l'officier prussien se mit à rire. Et, toujours renversé sur le dos, il blagua. Il blaguait la France écrasée, insultait les ennemis à terre ; il blaguait l'Autriche vaincue naguère ; il blaguait la défense acharnée et impuissante des départements ; il blaguait les mobiles, l'artillerie inutile. Il annonça que Bismarck allait bâtir une ville de fer avec les canons capturés. Et soudain il mit ses bottes contre la cuisse de M. Dubuis, qui détournait les yeux, rouge jusqu'aux oreilles.

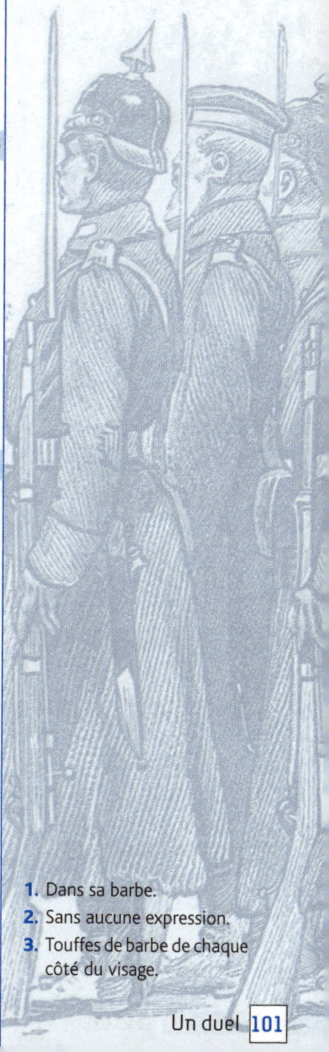

1. Dans sa barbe.
2. Sans aucune expression.
3. Touffes de barbe de chaque côté du visage.

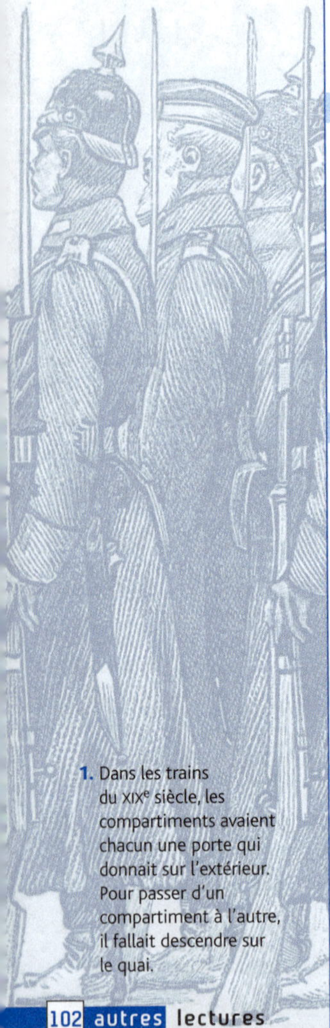

Les Anglais semblaient devenus indifférents à tout, comme s'ils s'étaient trouvés brusquement renfermés dans leur île, loin des bruits du monde.

L'officier tira sa pipe et, regardant fixement le Français :

« Vous n'auriez bas de tabac ? »

M. Dubuis répondit :

« Non, monsieur. »

L'Allemand reprit :

« Je fous brie t'aller en acheter gand le gonvoi s'arrêtera. »

Et il se mit à rire de nouveau :

« Je vous tonnerai un bourboire. »

Le train siffla, ralentissant sa marche. On passait devant les bâtiments incendiés d'une gare ; puis on s'arrêta tout à fait.

L'Allemand ouvrit la portière et, prenant par le bras M. Dubuis :

« Allez faire ma gommission, fite, fite ! »

Un détachement prussien occupait la station. D'autres soldats regardaient, debout le long des grilles de bois. La machine déjà sifflait pour repartir. Alors, brusquement, M. Dubuis s'élança sur le quai et, malgré les gestes du chef de gare, il se précipita dans le compartiment voisin[1].

Il était seul ! Il ouvrit son gilet, tant son cœur battait, et il s'essuya le front, haletant.

Le train s'arrêta de nouveau dans une station. Et tout à coup l'officier parut à la portière et monta suivi bientôt des deux Anglais que la curiosité poussait. L'Allemand s'assit en face du Français et, riant toujours :

« Fous n'afez pas foulu faire ma gommission. »

1. Dans les trains du XIX^e siècle, les compartiments avaient chacun une porte qui donnait sur l'extérieur. Pour passer d'un compartiment à l'autre, il fallait descendre sur le quai.

M. Dubuis répondit :

« Non, monsieur. »

Le train venait de repartir.

L'officier dit :

« Che fais gouper fotre moustache pour bourrer[2] ma pipe. »

Et il avança la main vers la figure de son voisin.

Les Anglais, toujours impassibles, regardaient de leurs yeux fixes.

Déjà, l'Allemand avait pris une pincée de poils et tirait dessus, quand M. Dubuis d'un revers de main lui releva le bras et, le saisissant au collet, le rejeta sur la banquette. Puis, fou de colère, les tempes gonflées, les yeux pleins de sang, l'étranglant toujours d'une main, il se mit avec l'autre, fermée, à lui taper furieusement des coups de poing par la figure. Le Prussien se débattait, tâchait de tirer son sabre, d'étreindre son adversaire couché sur lui. Mais M. Dubuis l'écrasait du poids énorme de son ventre, et tapait, tapait sans repos, sans prendre haleine, sans savoir où tombaient ses coups. Le sang coulait ; l'Allemand, étranglé, râlait, crachait ses dents, essayait, mais en vain, de rejeter ce gros homme exaspéré, qui l'assommait.

Les Anglais s'étaient levés et rapprochés pour mieux voir. Ils se tenaient debout, pleins de joie et de curiosité, prêts à parier pour ou contre chacun des combattants.

Et soudain M. Dubuis, épuisé par un pareil effort, se releva et se rassit sans dire un mot.

Le Prussien ne se jeta pas sur lui, tant il demeurait effaré[3], stupide d'étonnement et de douleur. Quand il eut repris haleine, il prononça :

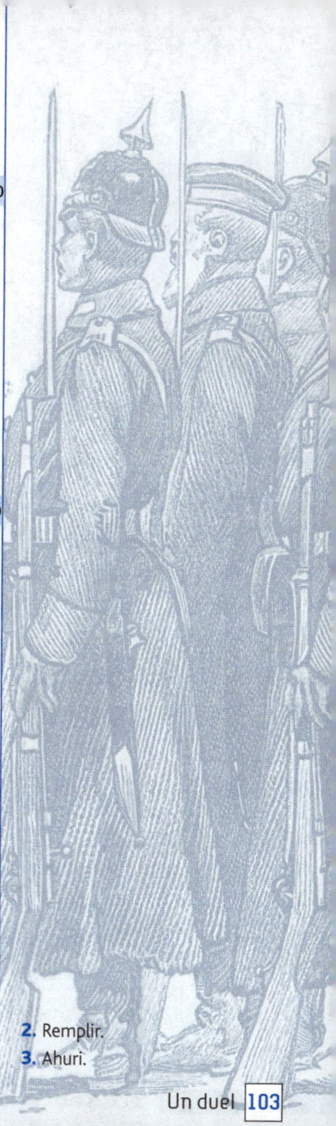

2. Remplir.
3. Ahuri.

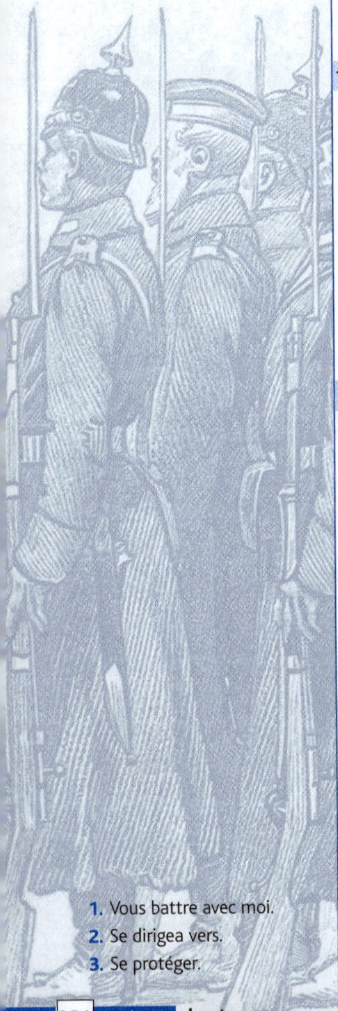

« Si fous ne foulez pas me rendre raison[1] avec le bistolet, che vous tuerai. »

M. Dubuis répondit :

« Quand vous voudrez. Je veux bien. »

L'Allemand reprit :

« Foici la fille de Strasbourg, che brendrai deux officiers bour témoins, ché le temps avant que le train rebarte. »

M. Dubuis, qui soufflait autant que la machine, dit aux Anglais :

« Voulez-vous être mes témoins ? »

Tous deux répondirent ensemble :

« Aoh yes ! »

Et le train s'arrêta.

En une minute, le Prussien avait trouvé deux camarades qui apportèrent des pistolets, et on gagna[2] les remparts.

Les Anglais sans cesse tiraient leur montre, pressant le pas, hâtant les préparatifs, inquiets de l'heure pour ne point manquer le départ.

M. Dubuis n'avait jamais tenu un pistolet. On le plaça à vingt pas de son ennemi. On lui demanda : « Êtes-vous prêt ? »

En répondant « oui, monsieur », il s'aperçut qu'un des Anglais avait ouvert son parapluie pour se garantir[3] du soleil.

Une voix commanda :

« Feu ! »

M. Dubuis tira, au hasard, sans attendre, et il aperçut avec stupeur le Prussien debout en face de lui qui chancelait, levait les bras et tombait raide sur le nez. Il l'avait tué.

Un Anglais cria un « Aoh » vibrant de joie, de curiosité satisfaite et d'impatience heureuse. L'autre, qui tenait

1. Vous battre avec moi.
2. Se dirigea vers.
3. Se protéger.

toujours sa montre à la main, saisit M. Dubuis par le bras, et l'entraîna au pas gymnastique, vers la gare.

Le premier Anglais marquait le pas, tout en courant, les poings fermés, les coudes au corps.

« Une, deux ! une, deux ! »

Et tous trois de front trottaient, malgré leurs ventres, comme trois grotesques[4] d'un journal pour rire.

Le train partait. Ils sautèrent dans leur voiture. Alors, les Anglais, ôtant leur toques[5] de voyage, les levèrent en les agitant, puis, trois fois de suite, ils crièrent :

« Hip, hip, hip, hurrah ! »

Puis ils tendirent gravement, l'un après l'autre, la main droite à M. Dubuis, et ils retournèrent s'asseoir côte à côte dans leur coin.

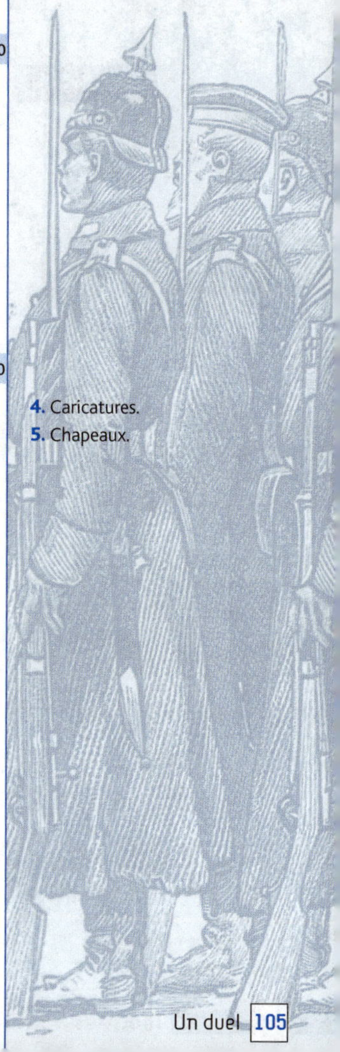

4. Caricatures.

5. Chapeaux.

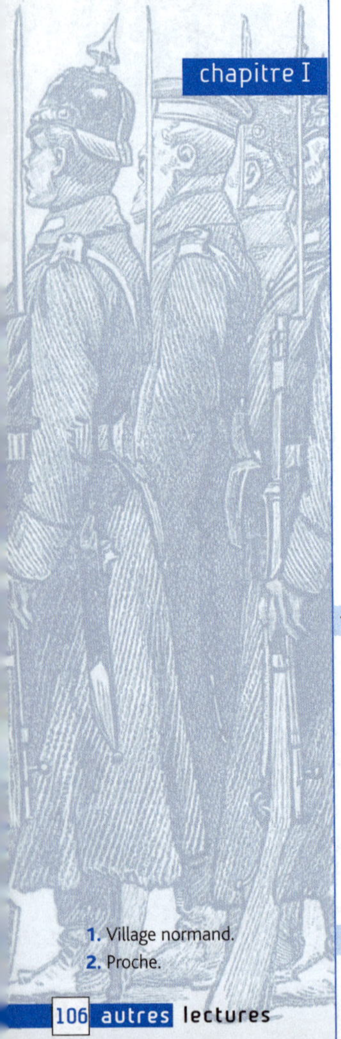



# La Mère Sauvage

*À Georges Pouchet.*

## I

**Je n'étais point revenu** à Virelogne[1] depuis quinze ans. J'y retournai chasser, à l'automne, chez mon ami Serval, qui avait enfin fait reconstruire son château, détruit par les Prussiens.

J'aimais ce pays infiniment. Il est des coins du monde délicieux qui ont pour les yeux un charme sensuel. On les aime d'un amour physique. Nous gardons, nous autres que séduit la terre, des souvenirs tendres pour certaines sources, certains bois, certains étangs, certaines collines, vus souvent et qui nous ont attendris à la façon des événements heureux. Quelquefois même la pensée retourne vers un coin de forêt, ou un bout de berge, ou un verger poudré de fleurs, aperçus une seule fois, par un jour gai, et restés en notre cœur comme ces images de femmes rencontrées dans la rue, un matin de printemps, avec une toilette claire et transparente, et qui nous laissent dans l'âme et dans la chair un désir inapaisé, inoubliable, la sensation du bonheur coudoyé[2].

À Virelogne, j'aimais toute la campagne, semée de petits bois et traversée par des ruisseaux qui couraient dans le sol comme des veines, portant le sang à la terre. On pêchait

1. Village normand.
2. Proche.

là-dedans des écrevisses, des truites et des anguilles ! Bonheur divin ! On pouvait se baigner par places, et on trouvait souvent des bécassines[3] dans les hautes herbes qui poussaient sur les bords de ces minces cours d'eau.

J'allais, léger comme une chèvre, regardant mes deux chiens fourrager[4] devant moi. Serval, à cent mètres sur ma droite, battait un champ[5] de luzerne[6]. Je tournai les buissons qui forment la limite du bois des Saudres, et j'aperçus une chaumière en ruine.

Tout à coup, je me la rappelai telle que je l'avais vue pour la dernière fois, en 1869, propre, vêtue de vignes, avec des poules devant la porte. Quoi de plus triste qu'une maison morte, avec son squelette debout, délabré, sinistre ?

Je me rappelai aussi qu'une bonne femme m'avait fait boire un verre de vin là-dedans, un jour de grande fatigue, et que Serval m'avait dit alors l'histoire des habitants. Le père, vieux braconnier[7], avait été tué par les gendarmes. Le fils, que j'avais vu autrefois, était un grand garçon sec qui passait également pour un féroce destructeur de gibier. On les appelait les Sauvage.

Était-ce un nom ou un sobriquet[8] ?

Je hélai[9] Serval. Il s'en vint de son long pas d'échassier[10].

Je lui demandai :

« Que sont devenus les gens de là ? »

Et il me conta cette aventure.

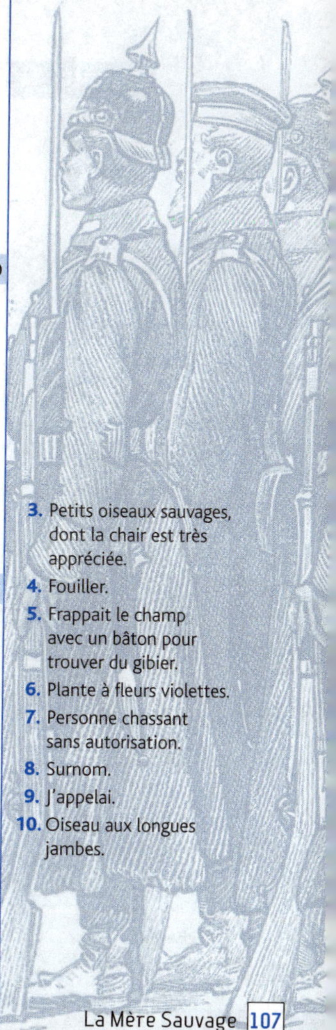

3. Petits oiseaux sauvages, dont la chair est très appréciée.
4. Fouiller.
5. Frappait le champ avec un bâton pour trouver du gibier.
6. Plante à fleurs violettes.
7. Personne chassant sans autorisation.
8. Surnom.
9. J'appelai.
10. Oiseau aux longues jambes.

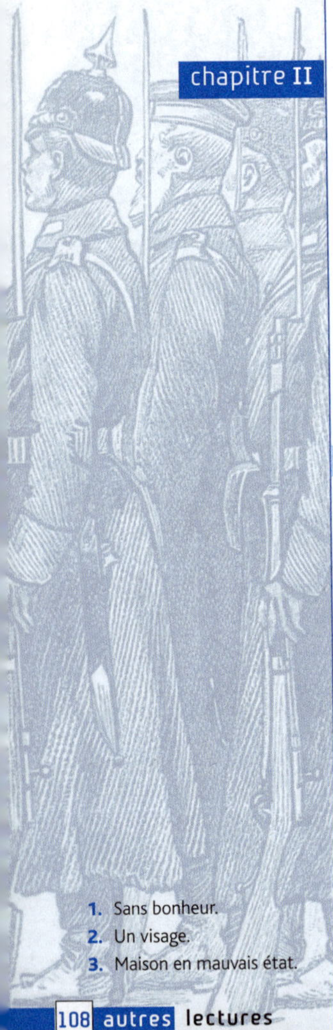

II

**Lorsque la guerre fut déclarée,** le fils Sauvage, qui avait alors trente-trois ans, s'engagea, laissant la mère seule au logis. On ne la plaignait pas trop, la vieille, parce qu'elle avait de l'argent, on le savait.

Elle resta donc toute seule dans cette maison isolée si loin du village, sur la lisière du bois. Elle n'avait pas peur, du reste, étant de la même race que ses hommes, une rude vieille, haute et maigre, qui ne riait pas souvent et avec qui on ne plaisantait point. Les femmes des champs ne rient guère d'ailleurs. C'est affaire aux hommes, cela ! Elles ont l'âme triste et bornée, ayant une vie morne et sans éclaircie[1]. Le paysan apprend un peu de gaieté bruyante au cabaret, mais sa compagne reste sérieuse avec une physionomie[2] constamment sévère. Les muscles de leur face n'ont point appris les mouvements du rire.

La mère Sauvage continua son existence ordinaire dans sa chaumière, qui fut bientôt couverte par les neiges. Elle s'en venait au village, une fois par semaine, chercher du pain et un peu de viande ; puis elle retournait dans sa masure[3]. Comme on parlait des loups, elle sortait le fusil au dos, le fusil du fils, rouillé, avec la crosse usée par le frottement de la main ; et elle était curieuse à voir, la grande Sauvage, un peu courbée, allant à lentes enjambées par la neige, le canon de l'arme dépassant la coiffe noire qui lui serrait la tête et emprisonnait ses cheveux blancs, que personne n'avait jamais vus.

1. Sans bonheur.
2. Un visage.
3. Maison en mauvais état.

Un jour les Prussiens arrivèrent. On les distribua aux habitants, selon la fortune et les ressources de chacun. La vieille, qu'on savait riche, en eut quatre.

C'étaient quatre gros garçons à la chair blonde, à la barbe blonde, aux yeux bleus, demeurés gras malgré les fatigues qu'ils avaient endurées déjà, et bons enfants, bien qu'en pays conquis. Seuls chez cette femme âgée, ils se montrèrent pleins de prévenances[4] pour elle, lui épargnant, autant qu'ils le pouvaient, des fatigues et des dépenses. On les voyait tous les quatre faire leur toilette autour du puits, le matin, en manches de chemise, mouillant à grande eau, dans le jour cru des neiges, leur chair blanche et rose d'hommes du Nord, tandis que la mère Sauvage allait et venait, préparant la soupe. Puis on les voyait nettoyer la cuisine, frotter les carreaux, casser du bois, éplucher les pommes de terre, laver le linge, accomplir toutes les besognes[5] de la maison, comme quatre bons fils autour de leur mère.

Mais elle pensait sans cesse au sien, la vieille, à son grand maigre au nez crochu, aux yeux bruns, à la forte moustache qui faisait sur sa lèvre un bourrelet de poils noirs. Elle demandait chaque jour, à chacun des soldats installés à son foyer :

« Savez-vous où est parti le régiment français, vingt-troisième de marche ? Mon garçon est dedans. »

Ils répondaient : « Non, bas su, bas savoir tu tout. » Et, comprenant sa peine et ses inquiétudes, eux qui avaient des mères là-bas, ils lui rendaient mille petits soins. Elle les aimait bien, d'ailleurs, ses quatre ennemis ; car les paysans n'ont guère les haines patriotiques ; cela n'appartient qu'aux classes supérieures. Les humbles,

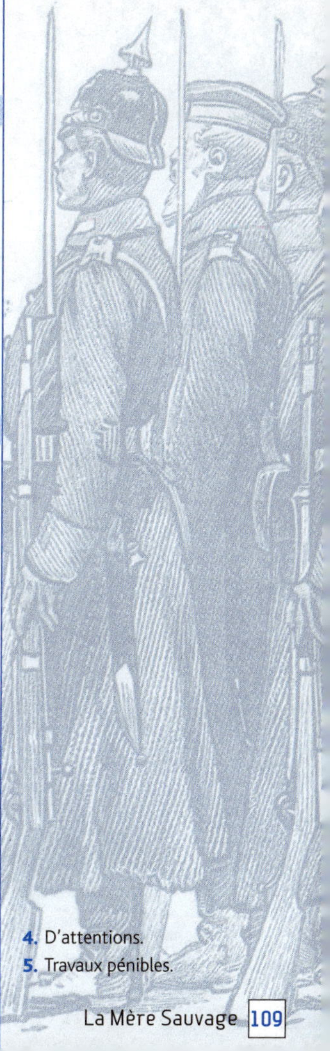

4. D'attentions.

5. Travaux pénibles.

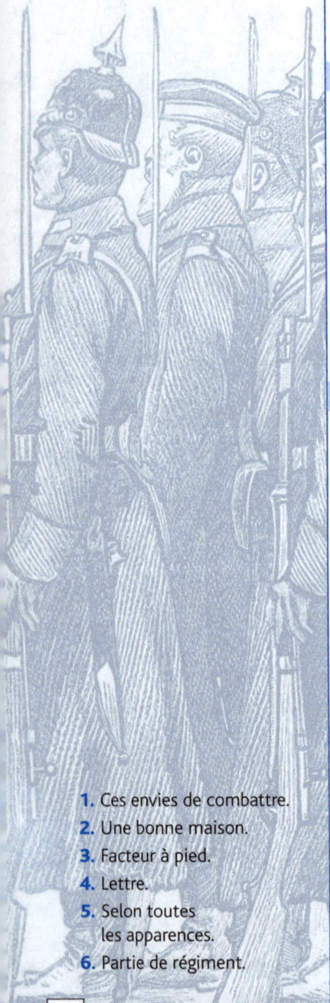

ceux qui paient le plus parce qu'ils sont pauvres et que toute charge nouvelle les accable, ceux qu'on tue par masses, qui forment la vraie chair à canon, parce qu'ils sont le nombre, ceux qui souffrent enfin le plus cruellement des atroces misères de la guerre, parce qu'ils sont les plus faibles et les moins résistants, ne comprennent guère ces ardeurs belliqueuses[1], ce point d'honneur excitable et ces prétendues combinaisons politiques qui épuisent en six mois deux nations, la victorieuse comme la vaincue.

On disait dans le pays, en parlant des Allemands de la mère Sauvage :

« En v'là quatre qu'ont trouvé leur gîte[2]. »

Or, un matin, comme la vieille femme était seule au logis, elle aperçut au loin dans la plaine un homme qui venait vers sa demeure. Bientôt elle le reconnut, c'était le piéton[3] chargé de distribuer les lettres. Il lui remit un papier plié et elle tira de son étui les lunettes dont elle se servait pour coudre ; puis elle lut :

« Madame Sauvage, la présente[4] est pour vous porter une triste nouvelle. Votre garçon Victor a été tué hier par un boulet, qui l'a censément[5] coupé en deux parts. J'étais tout près, vu que nous nous trouvions côte à côte dans la compagnie[6] et qu'il me parlait de vous pour vous prévenir au jour même s'il lui arrivait malheur.

« J'ai pris dans sa poche sa montre pour vous la reporter quand la guerre sera finie.

« Je vous salue amicalement.

« CÉSAIRE RIVOT,
Soldat de $2^{e}$ classe au $23^{e}$ de marche. »

La lettre était datée de trois semaines.

1. Ces envies de combattre.
2. Une bonne maison.
3. Facteur à pied.
4. Lettre.
5. Selon toutes les apparences.
6. Partie de régiment.

Elle ne pleurait point. Elle demeurait immobile, tellement saisie, hébétée[7], qu'elle ne souffrait même pas encore. Elle pensait : « V'là Victor qu'est tué, maintenant. » Puis peu à peu les larmes montèrent à ses yeux, et la douleur envahit son cœur. Les idées lui venaient une à une, affreuses, torturantes. Elle ne l'embrasserait plus, son enfant, son grand, plus jamais ! Les gendarmes avaient tué le père, les Prussiens avaient tué le fils... Il avait été coupé en deux par un boulet. Et il lui semblait qu'elle voyait la chose, la chose horrible : la tête tombant, les yeux ouverts, tandis qu'il mâchait le coin de sa grosse moustache, comme il faisait aux heures de colère.

Qu'est-ce qu'on avait fait de son corps, après ? Si seulement on lui avait rendu son enfant, comme on lui avait rendu son mari, avec sa balle au milieu du front ?

Mais elle entendit un bruit de voix. C'étaient les Prussiens qui revenaient du village. Elle cacha bien vite la lettre dans sa poche et elle les reçut tranquillement avec sa figure ordinaire, ayant eu le temps de bien essuyer ses yeux.

Ils riaient tous les quatre, enchantés, car ils rapportaient un beau lapin, volé sans doute, et ils faisaient signe à la vieille qu'on allait manger quelque chose de bon.

Elle se mit tout de suite à la besogne pour préparer le déjeuner ; mais, quand il fallut tuer le lapin, le cœur lui manqua. Ce n'était pas le premier pourtant ! Un des soldats l'assomma d'un coup de poing derrière les oreilles.

Une fois la bête morte, elle fit sortir le corps rouge de la peau ; mais la vue du sang qu'elle maniait, qui lui couvrait les mains, du sang tiède qu'elle sentait se refroidir et se coaguler[8], la faisait trembler de la tête aux

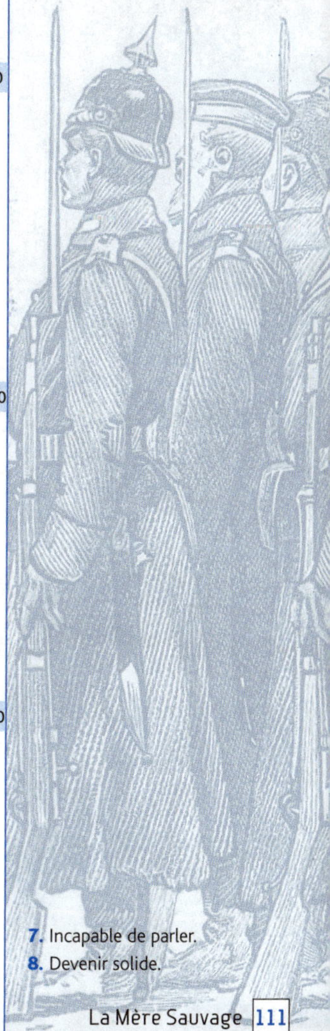

7. Incapable de parler.
8. Devenir solide.

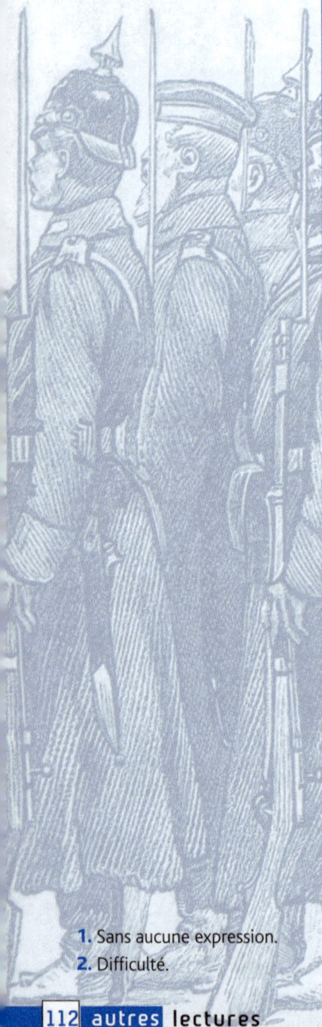

pieds ; et elle voyait toujours son grand coupé en deux, et tout rouge aussi, comme cet animal encore palpitant.

Elle se mit à table avec ses Prussiens, mais elle ne put manger, pas même une bouchée. Ils dévorèrent le lapin sans s'occuper d'elle. Elle les regardait de côté, sans parler, mûrissant une idée, et le visage tellement impassible[1] qu'ils ne s'aperçurent de rien.

Tout à coup, elle demanda : « Je ne sais seulement point vos noms, et v'là un mois que nous sommes ensemble. » Ils comprirent, non sans peine[2], ce qu'elle voulait, et dirent leurs noms. Cela ne lui suffisait pas ; elle se les fit écrire sur un papier, avec l'adresse de leurs familles, et, reposant ses lunettes sur son grand nez, elle considéra cette écriture inconnue, puis elle plia la feuille et la mit dans sa poche, par-dessus la lettre qui lui disait la mort de son fils.

Quand le repas fut fini, elle dit aux hommes :

« J' vas travailler pour vous. »

Et elle se mit à monter du foin dans le grenier où ils couchaient.

Ils s'étonnèrent de cette besogne ; elle leur expliqua qu'ils auraient moins froid ; et ils l'aidèrent. Ils entassaient les bottes jusqu'au toit de paille ; et ils se firent ainsi une sorte de grande chambre avec quatre murs de fourrage, chaude et parfumée, où ils dormiraient à merveille.

Au dîner, un d'eux s'inquiéta de voir que la mère Sauvage ne mangeait point encore. Elle affirma qu'elle avait des crampes. Puis elle alluma un bon feu pour se chauffer, et les quatre Allemands montèrent dans leur logis par l'échelle qui leur servait tous les soirs.

1. Sans aucune expression.
2. Difficulté.

Dès que la trappe fut refermée, la vieille enleva l'échelle, puis rouvrit sans bruit la porte du dehors, et elle retourna chercher des bottes de paille dont elle emplit sa cuisine. Elle allait nu-pieds, dans la neige, si doucement qu'on n'entendait rien. De temps en temps elle écoutait les ronflements sonores et inégaux des quatre soldats endormis.

Quand elle jugea suffisants ses préparatifs, elle jeta dans le foyer une des bottes, et, lorsqu'elle fut enflammée, elle l'éparpilla[3] sur les autres, puis elle ressortit et regarda.

Une clarté violente illumina en quelques secondes tout l'intérieur de la chaumière, puis ce fut un brasier[4] effroyable, un gigantesque four ardent, dont la lueur jaillissait par l'étroite fenêtre et jetait sur la neige un éclatant rayon.

Puis un grand cri partit du sommet de la maison, puis ce fut une clameur de hurlements humains, d'appels déchirants d'angoisse et d'épouvante. Puis, la trappe s'étant écroulée à l'intérieur, un tourbillon de feu s'élança dans le grenier, perça le toit de paille, monta dans le ciel comme une immense flamme de torche ; et toute la chaumière flamba.

On n'entendait plus rien dedans que le crépitement de l'incendie, le craquement des murs, l'écroulement des poutres. Le toit tout à coup s'effondra, et la carcasse ardente de la demeure lança dans l'air, au milieu d'un nuage de fumée, un grand panache d'étincelles.

La campagne, blanche, éclairée par le feu, luisait comme une nappe d'argent teintée de rouge.

Une cloche, au loin, se mit à sonner.

La vieille Sauvage restait debout, devant son logis détruit, armée de son fusil, celui du fils, de crainte qu'un des hommes n'échappât.

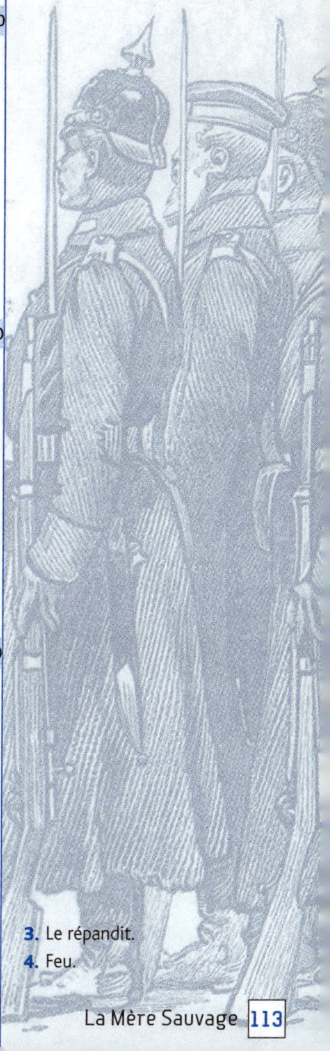

3. Le répandit.
4. Feu.

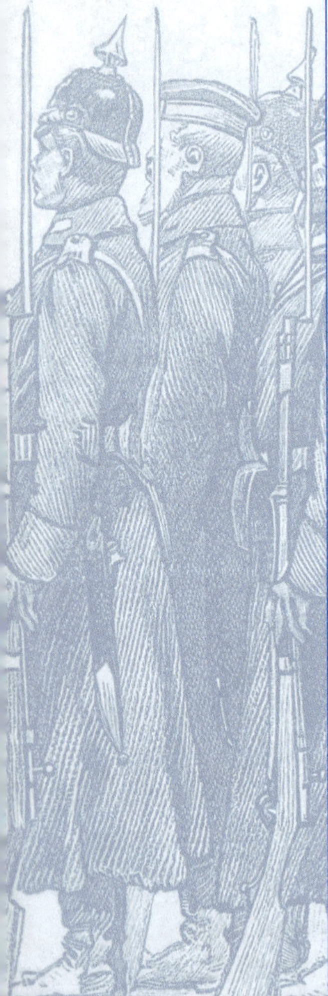

Quand elle vit que c'était fini, elle jeta son arme dans le brasier. Une détonation retentit.

Des gens arrivaient, des paysans, des Prussiens.

On trouva la femme assise sur un tronc d'arbre, tranquille et satisfaite.

Un officier allemand, qui parlait le français comme un fils de France, lui demanda :

« Où sont vos soldats ? »

Elle tendit son bras maigre vers l'amas rouge de l'incendie qui s'éteignait, et elle répondit d'une voix forte :

« Là-dedans ! »

On se pressait autour d'elle. Le Prussien demanda :

« Comment le feu a-t-il pris ? »

Elle prononça :

« C'est moi qui l'ai mis. »

On ne la croyait pas, on pensait que le désastre l'avait soudain rendue folle. Alors, comme tout le monde l'entourait et l'écoutait, elle dit la chose d'un bout à l'autre, depuis l'arrivée de la lettre jusqu'au dernier cri des hommes flambés avec sa maison. Elle n'oublia pas un détail de ce qu'elle avait ressenti ni de ce qu'elle avait fait.

Quand elle eut fini, elle tira de sa poche deux papiers, et, pour les distinguer aux dernières lueurs du feu, elle ajusta encore ses lunettes, puis elle prononça, montrant l'un : « Ça, c'est la mort de Victor. » Montrant l'autre, elle ajouta, en désignant les ruines rouges d'un coup de tête : « Ça, c'est leurs noms pour qu'on écrive chez eux. » Elle tendit tranquillement la feuille blanche à l'officier, qui la tenait par les épaules, et elle reprit :

« Vous écrirez comment c'est arrivé, et vous direz à leurs parents que c'est moi qui a fait ça. Victoire Simon, la Sauvage ! N'oubliez pas. »

L'officier criait des ordres en allemand. On la saisit, on la jeta contre les murs encore chauds de son logis. Puis douze hommes se rangèrent vivement en face d'elle, à vingt mètres. Elle ne bougea point. Elle avait compris ; elle attendait.

Un ordre retentit, qu'une longue détonation suivit aussitôt. Un coup attardé partit tout seul, après les autres.

La vieille ne tomba point. Elle s'affaissa comme si on lui eût[1] fauché les jambes.

L'officier prussien s'approcha. Elle était presque coupée en deux, et dans sa main crispée elle tenait sa lettre baignée de sang.

Mon ami Serval ajouta :

« C'est par représailles[2] que les Allemands ont détruit le château du pays, qui m'appartenait. »

Moi, je pensais aux mères des quatre doux garçons brûlés là-dedans ; et à l'héroïsme atroce de cette autre mère, fusillée contre ce mur.

Et je ramassai une petite pierre, encore noircie par le feu.

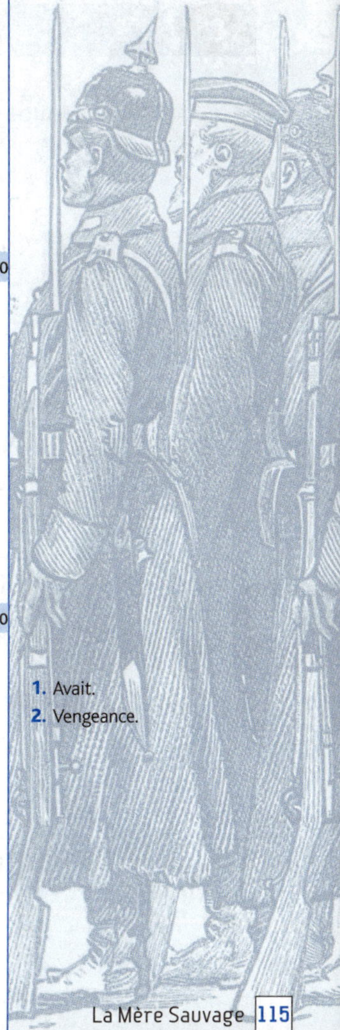

1. Avait.
2. Vengeance.

# à lire

## Maupassant et la guerre de 1870

### *Mademoiselle Fifi,* 1882

**« Mademoiselle Fifi » ?** Quel drôle de nom pour un officier prussien !

### *Le Père Milon,* 1883

**Des soldats prussiens disparaissent** mystérieusement. Mais qui donc commet ces crimes étranges ?

### *Deux Amis,* 1883

**Une partie de pêche qui finit très mal.** Deux paisibles pêcheurs sont pris pour des espions...

### *Le Lit 29,* 1884

**Une terrible vengeance.** Irma la prostituée a tué davantage de soldats prussiens qu'un colonel de l'armée française. Comment ?

### *Les Idées du colonel,* 1884

**Les Français sont galants.** Pendant la débâcle, un groupe de soldats sauve une jeune fille.

## Toujours sur la guerre de 1870

### Zola, *Jacques Damour,* 1880

**Un ouvrier est exilé** après avoir vécu la guerre contre la Prusse et la Commune. Il réapparaît un beau jour à la gare du Nord...

### Zola, *L'Attaque du moulin,* 1880

**Suspense !** Les soldats prussiens parviendront-ils à prendre le moulin du père Merlier, que son futur gendre défend corps et âme ?

## à voir

### Maupassant en films…

*Une partie de campagne,* **Jean Renoir, 1936**

**Amour peut-il rimer avec plaisir ?** Une journée à la campagne fait basculer la vie d'une jeune fille.

*Le Plaisir,* **Max Ophüls, 1952**

**Où sont passées les courtisanes ?** La porte de la maison Tellier est fermée…

*Histoire vraie,* **Claude Santelli, 1973**

**Comment obliger une maîtresse à vous quitter ?** M. de Varnetot croit avoir trouvé la solution en mariant Rose à un paysan.

## Table des illustrations



**Conception graphique** : Julie Lannes
**Design de couverture** : Denis Hoch
**Recherche iconographique** : Gaëlle Mary
**Illustration des personnages et cartes** : Matthieu Agnus
**Mise en page** : Alpha Edit
**Correction** : Sylvie Porté
**Édition** : Marion Noesser
**Direction éditoriale** : Odette Dénommée

## COLLÈGE

65. **Bédier,** *Le Roman de Tristan et Iseut*
51. **Courteline,** *Le gendarme est sans pitié*
38. **Dumas,** *Les Frères corses*
67. **Gautier,** *La Morte amoureuse*
1. **Homère,** *L'Odyssée*
29. **Hugo,** *Le Dernier Jour d'un condamné*
2. **La Fontaine,** *Le Loup dans les Fables*
3. **Leprince de Beaumont,** *La Belle et la Bête*
10. **Maupassant,** *Boule de suif*
26. **Maupassant,** *La folie dans les nouvelles fantastiques*
43. **Maupassant,** 4 nouvelles normandes (*anthologie*)
62. **Mérimée,** *Carmen*
11. **Mérimée,** *La Vénus d'Ille*
7. **Molière,** *L'Avare*
23. **Molière,** *Le Bourgeois gentilhomme*
68. **Molière,** *George Dandin*
58. **Molière,** *Le Malade imaginaire*
36. **Molière,** *Les Fourberies de Scapin*
52. **Molière,** *Le Sicilien*
28. **Musset,** *Il ne faut jurer de rien*
6. **Nicodème,** *Wiggins et le perroquet muet*
21. **Noguès,** *Le Faucon déniché*
59. **Perrault,** 3 contes (*anthologie*)
8. **Pouchkine,** *La Dame de pique*
12. **Radiguet,** *Le Diable au corps*
39. **Rostand,** *Cyrano de Bergerac*
24. **Simenon,** *L'Affaire Saint-Fiacre*
9. **Stevenson,** *Le Cas étrange du Dr Jekyll et de M. Hyde*
54. **Tolstoï,** *Enfance*
61. **Verne,** *Un hivernage dans les glaces*
25. **Voltaire,** *Le Monde comme il va*
53. **Zola,** *Nantas*
42. **Zweig,** *Le Joueur d'échecs*
4. *La Farce du cuvier* (*anonyme*)
37. *Le Roman de Renart* (*anonyme*)
5. Quatre fabliaux du Moyen Âge (*anthologie*)
41. Les textes fondateurs (*anthologie*)
22. 3 contes sur la curiosité (*anthologie*)
40. 3 meurtres en chambre close (*anthologie*)
44. 4 contes de sorcières (*anthologie*)
27. 4 nouvelles réalistes sur l'argent (*anthologie*)
64. *Ali Baba et les 40 voleurs*

## LYCÉE

60. **Balzac,** *L'Auberge rouge*
18. **Balzac,** *Le Chef-d'œuvre inconnu*
47. **Balzac,** *La Duchesse de Langeais*
33. **Balzac,** *Gobseck*
34. **Barbey d'Aurevilly,** *Le Bonheur dans le crime*
32. **Beaumarchais,** *Le Mariage de Figaro*
20. **Corneille,** *Le Cid*
56. **Flaubert,** *Un cœur simple*
49. **Hugo,** *Ruy Blas*
57. **Marivaux,** *Les Acteurs de bonne foi*
48. **Marivaux,** *L'Île des esclaves*
19. **Maupassant,** *La Maison Tellier*
69. **Maupassant,** *Une partie de compagne*
55. **Molière,** *Amphitryon*
15. **Molière,** *Dom Juan*
35. **Molière,** *Le Tartuffe*
63. **Musset,** *Les Caprices de Marianne*
14. **Musset,** *On ne badine pas avec l'amour*
46. **Racine,** *Andromaque*
30. **Racine,** *Phèdre*
66. **Racine,** *Britannicus*
13. **Rimbaud,** *Illuminations*
50. **Verlaine,** *Fêtes galantes, Romances sans paroles*
45. **Voltaire,** *Candide*
17. **Voltaire,** *Micromégas*
31. L'*Encyclopédie* (*anthologie*)
16. Traits et portraits du XVII$^{e}$ siècle (*anthologie*)

N° édition : 10249652 - Dépôt légal : décembre 2018 - N° impression : 81
Imprimé en France en décembre 2018 par la Nouvelle Imprimerie Laball
La Nouvelle Imprimerie Laballery est titulaire de la marque Imprim'Vert®